P. Schmieder

Dispositionen zu den drei olynthischen Reden des Demosthenes

Antigonos

P. Schmieder

Dispositionen zu den drei olynthischen Reden des Demosthenes

Unveränderter Nachdruck der Originalausgabe von 1870.

1. Auflage 2024 | ISBN: 978-3-38637-083-7

Antigonos Verlag ist ein Imprint der Outlook Verlagsgesellschaft mbH.

Verlag: Outlook Verlag GmbH, Zeilweg 44, 60439 Frankfurt, Deutschland, info@outlook-verlag.de
Vertretungsberechtigt: E. Roepke, Zeilweg 44, 60439 Frankfurt, Deutschland
Druck: Libri Plureos GmbH, Friedensallee 273, 22763 Hamburg, Deutschland

Zwölfter Jahresbericht

über das

Domgymnasium zu Colberg

und

die damit verbundene

Realschule 1. Ordnung,

womit zu den

öffentlichen Prüfungen am 7. und 8. April 1870

ehrerbietigst einladen

Director und Lehrer-Collegium.

Inhalt:

Dispositionen zu den drei Olynthischen Reden des Demosthenes. | Beides vom Director.
Schulnachrichten.

COLBERG 1870.

Druck der C. F. Post'schen Buchdruckerei.

(C. Jancke & M. Christiani.)

Dispositionen
zu den drei Olynthischen Reden des Demosthenes.

In den drei Olynthischen Reden hat Demosthenes dasselbe Ziel verfolgt: er will die Athener bestimmen, durch kräftige Vertheidigung der Olynthier gegen Philipp von Macedonien sich selbst zu retten. Von einer wesentlichen Veränderung der thatsächlichen Verhältnisse, welche den Reden zu Grunde liegen, ist in denselben kein Bericht gegeben, und selbst wenn wir die Notizen, welche uns anderweitig über den Gang des olynthischen Kriegs überliefert sind, zu Hülfe nehmen, lassen sich besondere Veranlassungen, durch welche der Redner zu erneuter Erörterung der Frage bestimmt wäre, nicht nachweisen, wie denn auch die chronologische Anordnung der Reden eine unerledigte Streitfrage geblieben ist. Demosthenes hat sich auf wenige Hauptsachen beschränkt, welche die Eigenthümlichkeit der Situation bestimmen und lässt die einzelnen Vorgänge, welche keine entscheidende Aenderung herbeiführen, in den Hintergrund treten; und er konnte es: denn dass er seine Zuhörer beiähigt wisse, die Bedeutung der einzelnen Momente zu würdigen, wenn sie nur verstehen wollten, spricht er ja auch in diesen Reden wiederholt aus. Jetzt war vielmehr die Aufgabe, den zerstreuten Sinn der Athener gefangen zu nehmen und auf einen Punct zu richten; es galt durch wiederholte Schläge einen tiefen und bleibenden Eindruck hervorzubringen und den Stachel so in das Herz der Hörer hineinzutreiben, dass sie die Mahnung des Redners nicht mehr vergessen konnten. Den Blick zugleich auf das $\sigma\nu\mu\varphi\acute{\epsilon}\rho o\nu$ und das $\varkappa\alpha\lambda\grave{o}\nu$ richtend will er den Entschluss kräftigen Handelns erzeugen, indem er durch die Ueberzeugung von der Nähe einer grossen Gefahr und von der Möglichkeit ihrer Abwehr die Furcht vor Schaden und Schmach, die Hoffnung auf Sieg und Ehre erweckt. Die Gefahr liegt theils in der Persönlichkeit und Macht des Gegners, theils in der Schlaffheit der Athener; die Möglichkeit der Abwehr darin, dass bei dem unsittlichen Charakter und Treiben des Gegners seiner Macht die innere Festigkeit fehlt, und dass ferner die Athener nur ihre Schlaffheit abzuwerfen, nur sich zu ermannen brauchen, um eine überlegene Macht ihm gegenüber zu stellen. Die erläuternden Beispiele liefern fast ausschliesslich die letzten Jahre der athenischen Geschichte.

Diese Gedanken werden auch dem jugendlichen Leser sofort als die Grundgedanken der drei Reden entgegentreten, und auch er wird die unerschöpfliche Erfindsamkeit bewundern, mit welcher diese Gedanken in immer neuen Wendungen wiederholt sind. Aber indem er von dem gewaltigen Redner sich leicht überzeugen lässt, so dass ihm eine Wiederholung kaum nöthig scheint, liegt gerade bei dem realistischen Sinn der Jugend, um mit Göthe zu reden, die Gefahr nahe, dass das Interesse trotz der Bewunderung der schönen Einzelheiten ermüde, und es ist für den Lehrer eine unerlässliche Aufgabe klar zu machen, wie in dieser Trilogie von Reden der eine Gedanke, dass Athen sich sofort zu energischem Handeln aufraffen müsse, weil der Uebergang vom Erkennen zum Wollen nur schwer geschieht, in dreifacher Weise durchgeführt ist; wie jede Rede wieder ein eigenthümliches, kunstvoll angelegtes, in sich geschlossenes Ganze bildet; und wie der Redner auch in der Sache sich nicht blos wiederholt, wie er sich nicht im Kreise bewegt, sondern dieselben Thatsachen und Gedanken in consequenter Entwickelung zu immer neuen, frisch geschliffenen Geschossen gegen den schlaffen Sinn seiner Zuhörer werden lässt.

Trotz der Menge von Uebersetzungen und erklärenden Ausgaben der demosthenischen Reden sind Dispositionen, so viel ich weiss, noch nirgend mitgetheilt, und möchten sie doch den Büchern, die in die Hände der Schüler gegeben werden, immer fern bleiben, damit wenigstens in dieser Beziehung die Freude und der Gewinn, die im selbständigen Suchen und Arbeiten liegen, unseren Schülern ungeschmälert bleiben! Eine Hülfe und Anleitung bedarf ja der Schüler hier jedenfalls, aber kein Buch kann sie ihm in der rechten Weise geben, nur der Lehrer, der zu lebendigem Wechselverkehr ihm gegenübersteht. Für die Schulpraxis sind die nachstehenden Dispositionen von mir entworfen und wiederholt benutzt; ihr sollen sie dienen, und die Mittheilung in einem Schulprogramm wird meinen obigen Aeusserungen nicht zu widersprechen scheinen. Bei der ersten Rede habe ich den Weg, auf dem ich die Schüler zur Aufstellung der Disposition führe, klarer hervortreten lassen; bei den beiden andern nur einige orientierende Bemerkungen vorausgeschickt.

Von der ersten Rede gilt ganz besonders, was A. Schäfer (Demosthenes und seine Zeit Bd. II p. 119) schreibt: „Eine Skizze kann die Harmonie des Ganzen nur zerreissen und die leitenden Ideen, welche der Redner immer von neuen Seiten beleuchtet, um seine Mitbürger zu fassen und festzuhalten, können in ihr nur in lästiger Wiederholung erscheinen." Ich unterlasse es, diese Worte durch einen dem Gedankengange des Redners folgenden Auszug zu veranschaulichen und verweise dafür auf Schäfers Inhaltsangabe, obwohl in ihr schon manches zusammengezogen ist oder einzelne Gesichtspuncte mehr hervorgehoben sind. Auch in ihr treten die meisten der folgenden Wiederholungen hervor:

1. Die Aufforderung zum Handeln durch Aussendung eines Bürgerheers   §2.6.11.
           durch Beschaffung von Geldmitteln   17—20.
           durch Gesandtschaften nach Athen u. den Nachbarstaaten.   24. 28,
2. Grösse der Gefahr wegen Philipps Charakter: 3. 12.
         wegen Philipps Macht: 4. 26.
         wegen d. bish. bewiesenen Schlaffheit d. Athener: 2. 6. 8—11; andeutend 24. 27.
         nach Olynths Fall droht ein Angriff auf Athen: 12. 15. 24. .27.
3. Möglichkeit der Abwehr wegen Philipps Charakter und bisheriger Politik:
                sie treiben Olynth zum Verzweiflungskampf. 5. 7. 21.
                machen seine bisherigen Bundesgenossen ihm abgeneigt. 22. 23.
        wegen der Gunst der Götter, die mit Athen sind. 10—11.
Schon diese Zusammenstellung beweist, wie mannigfaltig die Gedanken in den achtundzwanzig Paragraphen sich kreuzen.

Wir wenden uns nun zu den sogenannten Uebergängen, zu den Wendungen, in denen der Redner das Resultat oder die Ankündigungen einzelner Theile der Rede zu geben scheint; aber es wird sich bald zeigen, dass auch sie uns nicht vollkommen orientieren. Diese Stellen sind:

§ 14. *Τί οὖν, τις ἄν εἴποι, ταῦτα λέγεις ἡμῖν νῦν; ἵνα γνῶτε, ὦ ἄνδρες Ἀθηναῖοι, καὶ αἰσθησθε ἀμφότερα, καὶ τὸ προίεσθαι ἀεί τι τῶν πραγμάτων ὡς ἀλυσιτελές, καὶ τὴν φιλοπραγμοσύνην ᾗ χρῆται καὶ συζῇ Φίλιππος.* etc. — Ist etwa mit diesen Worten der Inhalt von § 2—13 zusammengefasst? Dann müssten diese Paragraphen eine historische, Uebersicht der Vergangenheit enthalten; und doch ist von dem stückweisen Aufgeben der Besitzungen und Bundesgenossen, dem steten Verpassen guter Gelegenheiten und der Grösse des Gesammtverlustes nur § 8—13 die Rede, von Philipps Rührigkeit, die ihn rastlos von einer Unternehmung zur andern sich wenden lässt, nur § 12—13. Dagegen betrifft der Abschnitt § 2—7 nicht die Entwicklung der Verhältnisse in der Vergangenheit, sondern die gegenwärtige Situation und giebt die Gründe zu Furcht und Hoffnung in doppelter Verschlingung an.

§ 16. *Τὸ μὲν οὖν ἐπιτιμᾶν ἴσως φῆσαι τις ἂν ῥᾴδιον καὶ παντὸς εἶναι, τὸ δ'ὑπὲρ τῶν παρόντων ὅ τι δεῖ πράττειν ἀποφαίνεσθαι, τοῦτ' εἶναι συμβούλου.* — Der Rückblick, welcher in *ἐπιτιμᾶν* liegt, umfasst, wie eben auseinandergesetzt ist, nur einen Theil des Vorhergehenden, nemlich § 8—11 und deren Zusammenfassung in § 14—15; und die Erinnerung an die Aufgabe des Rathgebers klingt fast überraschend, nachdem gleich im Anfange der Rede § 2 von der Hülfesendung durch ein Bürgerheer und von einer Gesandtschaft nach dem Kriegsschauplatze gesprochen ist; zumal hier nur der gegebene Rath dabei erweitert wird, ein doppeltes Heer — nach Olynth und nach Macedonien — zu senden und zwar ohne grössere Ausführlichkeit der Begründung oder nähere Angaben über die Ausführung des Planes. Eigenthümlich ist dieser Stelle nur die eindringliche — aber doch nur indirecte — Mahnung die Theatergelder für den Krieg zu verwenden. § 19—20.

§ 21. *ἄξιον δὲ ἐνθυμηθῆναι καὶ λογίσασθαι τὰ πράγματα ἐν ᾧ καθέστηκε νυνὶ τὰ Φιλίππου.* — Die Schwierigkeit der Lage Philipps, seine *ἀκαιρία,* wird nicht hier zuerst in Erwägung gezogen. So weit sie im erbitterten Widerstande seines mächtigen Nachbars Olynth beruht, ist sie im Vorhergehenden auch schon geschildert und zwar ausführlicher als hier; neu ist hier nur was über die unzuverlässige Stimmung der Thessaler und Illyrier gesagt wird § 22—23 in.

§ 25. *ἔτι τοίνυν μηδὲ τοῦθ' ὑμᾶς λανθανέτω, ὅτι νῦν αἵρεσις ἔστιν ὑμῖν, πότερ' ὑμᾶς ἐκεῖ χρὴ πολεμεῖν ἢ παρ' ὑμῖν ἐκεῖνον.* — Auch dieser Gedanke ist schon oben bestimmt ausgesprochen worden in § 12: *εἰ δὲ προησόμεθα καὶ τούτους τοὺς ἀνθρώπους, εἶτ' Ὄλυνθον ἐκεῖνος καταστρέψεται, φρασάτω τις ἐμοὶ τί τὸ κωλῦον ἔτ' αὐτὸν ἔσται βαδίζειν ὅποι βούλεται,* und § 15: *σκοπεῖσθε εἰς τί ποτ' ἐλπὶς τοῦτο τελευτῆσαι· πρὸς θεῶν, τίς οὕτως εὐήθης ἐστὶν ὑμῶν ὅστις ἀγνοεῖ τὸν ἐκεῖθεν πόλεμον δεῦρο ἥξοντα, ἂν ἀμελήσωμεν* etc. bis zu Ende des Paragraphen. An dieser Stelle sind auch schon die grossen Nachtheile, mit denen die gegenwärtige Musse erkauft wird, in dem Bilde dessen, der auf hohe Zinsen leiht und schliesslich das Capital verliert, ausgemalt; nur das war oben noch nicht gesagt, dass von den Thebanern und Phokern keine Hülfe zu erwarten sei, und dies wird hier in nur zwei Zeilen erwähnt.

Wir sehen also die in den Uebergangsformen hervorgehobenen Gedanken sind diesen Stellen nicht eigenthümlich, und auch ihre Begründung nur zum kleinen Theile, indem die wenigen neuen Thatsachen nur kurz hinzugefügt werden. Wir mögen von allen Gesichtspunkten, welche der Stoff oder welche die Schemata der Rhetoren bieten, die Rede ansehen, immer werden sich die Gedanken und Thatsachen an mehreren Stellen zerstreut finden.

Offenbar ist die Schilderung der Situation und der Aussichten für die Zukunft zweimal gegeben: § 2—15 und § 21—27. Zwischen diesen beiden Abschnitten steht § 16 — 20 die Erörterung über die zu ergreifenden militairischen und finanziellen Massregeln, in welche kein Wort über die Verhältnisse, mit denen sie vorher und nachher begründet sind, eingemischt ist. Die Aufforderungen zum Handeln ziehen sich durch alle diese drei Theile hindurch.

Es entspricht der Aufgabe des Redners ein schlaffes Volk, das sich gern mit Projecten unterhielt und unterhalten liess, zum Handeln zu treiben, dass er über die eventuell zu ergreifenden Massregeln, deren Erwähnung freilich nicht ganz fehlen darf und, wie er andeutet, ihm abverlangt wird, nur kurz sich ausspricht, dass er dagegen bei der Nothwendigkeit zu handeln länger verweilt und sie von verschiedenen Seiten beleuchtet. Dies geschieht in dem Abschnitt § 2—15 und wird, nachdem der mittlere Theil fast schroff abgebrochen ist — § 20 λέγουσι δὲ καὶ ἄλλους τινὰς ἄλλοι πόρους ὧν ἕλεσθε ὅστις ὑμῖν συμφέρειν δοκεῖ καὶ ἕως ἐστὶ καιρός, ἀντιλάβεσθε τῶν πραγμάτων — und wie mit einem ceterum censeo das Thema des ersten Theils fast mit denselben Worten (καιρός, ἀντιλαμβάνεσθαι) wieder hingestellt ist, in umgekehrter Folge von § 21—27 in neuer Fassung der Gedanken wiederholt.

Die beiden motivierenden Abschnitte beginnen mit den gemeinsamen Hauptgedanken und zwar in ähnlichen Worten: § 2. ὁ μὲν οὖν παρὼν καιρός, ὦ ἄνδρες Ἀθηναῖοι, μόνον οὐχὶ λέγει φωνὴν ἀφιεὶς ὅτι τῶν πραγμάτων ὑμῖν ἐκείνων αὐτοῖς ἀντιληπτέον ἐστίν, εἴπερ ὑπὲρ σωτηρίας αὐτῶν φροντίζετε. § 29. ἕως | ἐστὶ καιρός, | ἀντιλάβεσθε τῶν πραγμάτων (dies ἀντιλαμβάνεσθαι τῶν πραγμάτων auch § 14). In beiden Abschnitten wird die Gunst des gegenwärtigen Zeitpuncts, die zum Handeln einladet und ermuthigt, und die Gefahr, dass die günstige Gelegenheit den Athenern durch Philipps Klugheit und Energie entwunden werde, geschildert, um dann mit dem Hinweis auf die Gefahr, welche Athen bedrohe, wenn dieser Zeitpunct unbenutzt vorübergehe, zum kräftigen Handeln zu drängen. Uebrigens durchziehen die Aufforderungen zum Handeln, wie ich oben gezeigt habe, die ganze Rede, weil die Athener eben diese praktische Anwendung zu machen unterliessen.

Zu beachten ist aber, dass in den beiden Abschnitten die Bedeutung des Moments mit verschiedener Anordnung der Gedanken erörtert ist. Im ersten Abschnitt § 2—15 wird zuerst die Gefahr, dass der günstige Moment entfliehe, behandelt und dann gezeigt, wie die Möglichkeit ihr zu begegnen gegeben ist, wenn nur die Athener handelnd eingreifen (— § 6). Dann wird die Gunst des Augenblicks geschildert (§ 7), die doch keinen Werth hat, wenn die Athener nicht handeln. Also alles hängt ab vom Handeln. Selbst eingreifen muss Athen sonst ist alles verloren.

Umgekehrt im dritten Abschnitt § 21—28. Hier wird erst gezeigt: es ist ein günstiger Augenblick zum Handeln geboten; dann: jetzt ist noch die Wahl, ob Rettung oder Verderben, Sieg oder schmählicher Untergang, bald nicht mehr; also jetzt greift zu.

Ich gebe nun den Paragraphen folgend in möglichst übersichtlicher Gruppierung den Gedankengang der Rede.

Prooemium § 1. Bei der zur Entscheidung vorliegenden Frage ist es so wichtig Klarheit darüber zu gewinnen, was das Interesse des Staats erheische, dass es sich ziemt, auch auf eine schlichte improvisierte Empfehlung des Nothwendigen, welche aus allem Gesagten das Nützliche zu wählen erleichtert, bereitwillig zu hören.

Erster Theil: Die Gefahr und die Gunst des Augenblicks fordern uns auf selbst zu handeln.
§ 2—15. (ὁ παρὼν καιρὸς μόνον οὐχὶ λέγει φωνὴν ἀφιεὶς ὅτι τῶν πραγμάτων ὑμῖν ἐκείνων αὐτοῖς ἀντιληπτέον ἐστίν, εἴπερ ὑπὲρ σωτηρίας αὐτῶν φροντίζετε.)

    I. Die Gefahr. Philipp ist πανοῦργος καὶ δεινὸς τοῖς πράγμασι χρῆσθαι, es ist zu
§ 3. 4.   fürchten, dass er die Olynthier, welche uns jetzt Bundesgenossenschaft anbieten, wieder abwendig mache, indem er

        1. seine Gegner unter Umständen durch diplomatisches Nachgeben berückt;

            (τὰ μὲν εἴκων, ἡνίκα ἂν τύχῃ)

2. sie durch Drohungen, welche nach seinen bisherigen Erfolgen wirksam sein müssen, sch r e c k t;

(τὰ δ'ἀπειλῶν — ἀξιόπιστος δ'ἂν εἰκότως φαίνοιτο —)

3. ihre H o f f n u n g e n durch Hinweis auf unsere Entlegenheit und Unthätigkeit z e r s t ö r t.

τὰ δ'ἡμᾶς διαβάλλων καὶ τὴν ἀπουσίαν τὴν ἡμετέραν.

A b e r — was ihn gefährlich macht, lässt sich zu unsern Gunsten wenden.

§ 5. 6. ὃ δυσμαχώτατόν ἐστι τῶν Φιλίππου πραγμάτων, καὶ βέλτιστον ὑμῖν.

Die Olynthier wissen, er will ihre Stadt vernichten; was seine Freundschaft werth ist, zeigt ihnen das Schicksal der Amphipolitaner und Pydnäer; καὶ ὅλως ἄπιστον ταῖς πολιτείαις ἡ τυραννίς also

ad 1. M i s s t r a u e n macht sie seinen diplomatischen Künsten,

ad 2. der M u t h der V e r z w e i f l u n g macht sie seinen Drohungen unzugänglich.

ad 3. h a n d e l t n u r — χρήματα εἰσφέροντες προθύμως καὶ αὐτοὶ ἐξιόντες καὶ μηδὲν ἐλλείποντες — und straft seine Verunglimpfungen durch Thatsachen Lügen.

II. § 7—11. Die G u n s t des A u g e n b l i c k s.

1. M ä c h t i g e und z u v e r l ä s s i g e B u n d e s g e n o s s e n bieten sich uns selbst an.

§ 7. ὃ πάντες ἐθρύλουν τέως — γέγονεν αὐτόματον.

a b e r — unbenutzt hilft die beste Gelegenheit nichts; denkt an Amphipolis, Pydna, Potidaea, Pagasae, Methone; w i r h a b e n P h i l i p p gross gemacht. — § 9.

2. Die G ö t t e r sind uns gnädig; ihr Geschenk ist diese günstige Fügung;

a b e r — unsere Nachlässigkeit hat ihre Fürsorge schon oft vereitelt und lässt uns dieselbe verkennen. — § 11.

III. § 12—15. h a n d e l n w i r n i c h t — εἰ προησόμεθα καὶ τούτους τοὺς ἀνθρώπους —, so wird der φιλοπράγμων (§ 12. 13) uns im eignen Lande angreifen'; betrachtet nur die Nachtheile, die unsere ἀμέλεια gegenüber seiner φιλοπραγμοσύνη uns schon gebracht hat. τίς ἀγνοεῖ τὸν ἐκεῖθεν πόλεμον δεῦρο ἥξοντα, ἂν ἀμελήσωμεν; δέδοικα, μὴ ἄπαντα πρὸς ἡδονὴν ζητοῦντας, κινδυνεύσωμεν περὶ τῶν ἐν αὐτῇ τῇ χώρᾳ.

Zweiter Theil: Was müssen wir thun? τί δεῖ πράττειν;

§ 16—20. I. δεῖ πολλὴν καὶ διχῇ τὴν βοήθειαν εἶναι.

Starke Truppencorps müssen nach Olynth u n d Macedonien gesandt werden —{§ 18.

II. δεῖ χρημάτων. Wir haben Geld in den θεωρικά; werden diese ihrer ursprünglichen Bestimmung als στρατιωτικά nicht wiedergegeben, so bleibt nur übrig, dass alle Kriegssteuer zahlen. λέγουσι δὲ καὶ ἄλλους τινὰς ἄλλοι πόρους ὧν ἕλεσθε ὅστις ὑμῖν συμφέρειν δοκεῖ καὶ

Dritter Theil: ἕως ‖ ἐστὶ καιρός ‖, ἀντιλάβεσθε τῶν πραγμάτων.

§ 21—18. I. § 21—25. ἐστὶ καιρός. ἡ Φιλίππου ἀκαιρία ὑμέτερος καιρός (24).

Philipps Lage ist durchaus nicht bequem (οὐκ εὐτρεπῶς αὐτῷ τὰ παρόντα ἔχει.

1. § 21. O l y n t h s unerwarteter Widerstand, setzt ihn in Verlegenheit.

2. § 22. Thessalien, immer unzuverlässig und von ihm ungebührlich ausge-
beutet, droht sich zu erheben und so die Geldmittel, die er für seine Söldner
nöthig braucht, zu entziehen.

3. § 23. Die Päoner, Illyrier und alle von ihm unterjochten Völker sehnen
sich nach der Freiheit, durch den Uebermuth 'des unverdient Glücklichen
noch besonders gereizt.

Wenn Philipp solche Gelegenheit fände, er griffe euch im eignen Lande
an; lernt von eurem Gegner. § 24.

II. § 25—27. *νῦν αἵρεσις ἔστιν ὑμῖν πότερ' ἡμᾶς ἐκεῖ χρὴ πολεμεῖν ἢ παρ' ὑμῖν ἐκεῖνον*
(cf. oben *ἕως ἐστὶ καιρός —*)

1. wenn Olynth Stand hält, werdet ihr, daheim sicher, Philipps Land verheeren.
2. wenn Olynth fällt, was hindert ihn hierher zu kommen? § 25.
nicht die Thebaner; sie werden mit ihm einfallen.
nicht die Phoker; sie können ihr eignes Land nicht vertheidigen.
nicht eigne Mässigung; er spricht schon von dem Zuge. § 26.
Welche Opfer, welche Leiden, welche Schande brächte solch ein Einfall! § 27.

III. § 28. *πάντα δὴ ταῦτα δεῖ συνιδόντας ἅπαντας βοηθεῖν καὶ ἀπωθεῖν ἐκεῖνον τὸν
πόλεμον.* (d. i. *ἀντιλάβεσθε τῶν πραγμάτων*). Jeder thue das Seine: die Wohlha-
benden, die Jugend, die Redner.

Auch in dieser letzten Aufforderung sind die beiden Seiten der gegenwärtigen Situation
noch einmal hervorgehoben (*βοηθεῖν — ἀπωθεῖν ἐκεῖσε τὸν πόλεμον*), Benutzung der günstigen Gelegenheit und Abwehr der drohenden Gefahr.

Der vielfach verschlungene Gang der Rede wird den Hörer bei dem ersten Hören die
kunstvolle Gruppierung nicht übersehen lassen, im Gegentheil sie kann mit den Wiederholungen
weniger Hauptgedanken wohl als Improvisation (§ 1. *ἐκ τοῦ παραχρῆμα ἐπελθών*) erscheinen, aber
der Gedanke jetzt ist ein entscheidender Moment; wir müssen handeln, wenn er uns nicht
das äusserste Verderben bringen soll, und wir können andererseits durch Handeln den grössten Preis
gewinnen, muss dem Hörer unvergesslich in das Ohr geklungen und in das Herz gedrungen sein.*)

---

*) Besonders mache ich noch aufmerksam auf den häufigen Gebrauch der Worte *καιρός* und *νῦν*.

Erster Theil. § 2. *ὁ μὲν οὖν παρὼν καιρὸς —*

§ 5. *δῆλον τοῖς Ὀλυνθίοις ὅτι νῦν οὐ περὶ δόξης —*

§ 6. *φημὶ δεῖν τῷ πολέμῳ προσέχειν, εἴπερ ποτέ, καὶ νῦν.*

§ 7. *νυνὶ γὰρ, ὃ πάντες ἐθρύλουν τέως, γέγονεν αὐτόματον.*

§ 8. *οὐ δεῖ δὴ τοιοῦτον παραπεπτωκότα καιρὸν ἀφεῖναι.*

§ 9. *νυνὶ δὴ καιρός ἥκει τις οὗτος ὁ τῶν Ὀλυνθίων αὐτόματος τῇ πόλει.*

§ 14. *τί οὖν, τίς ἂν εἴποι, ταῦτα λέγεις ἡμῖν νῦν; ἵνα γνῶτε —*

Dritter Theil. § 20. *ἕως ἐστὶ καιρός, ἀντιλάβεσθε τῶν πραγμάτων.*

§ 21. *ἄξιον λογίσασθαι τὰ πράγματα ἐν ᾧ καθέστηκε νυνὶ τὰ Φιλίππου.*

§ 22. *τὰ Θετταλῶν ἄπιστά ἐστι νῦν τούτῳ.*

§ 22. *δεῖ ὑμᾶς τὴν ἀκαιρίαν τὴν ἐκείνου καιρὸν ὑμέτερον νομίσαντες.*

§ 22. *εἰ Φίλιππος λάβοι καθ' ὑμᾶς τοιοῦτον καιρὸν —' εἶτ' οὐκ αἰσχύνεσθε εἰ —
τοιοῦτον καιρὸν ἔχοντες — οὐ ποιήσετε.*

§ 23. *μηδὲ τοῦθ' ὑμᾶς λανθανέτω, ὅτι νῦν αἵρεσις.*

Die zweite Olynthische Rede ist in ihrer Anlage viel einfacher als die erste.
In ihr tritt entschieden in den Vordergrund, was die Athener ermuthigen kann, was den siegreichen Ausgang des Kampfes als gewiss erscheinen lässt; nicht die Furcht ruft der Redner wach, auch nicht mit einem Worte, sondern das Ehrgefühl*); nicht auf die Gefahr weist er hin, welche bei säumigem Verhalten droht, sondern darauf, wie die gegenwärtige Behandlung der Staatsangelegenheiten eines freien Volkes unwürdig, eine Schande sei. Dahin zielt Demosthenes, wenn er Philipps Persönlichkeit so eingehend bespricht, so entschieden verurtheilt, und wenn er bei der Schilderung der Hinfälligkeit seiner Macht die Schilderung der Nichtswürdigkeit seines Charakters zu Grunde legt; dahin zielt ferner die Schilderung des charakterlosen Verhaltens der Athener, die den Zuhörern die Schamröthe in die Wangen treiben muss. In der ersten Rede sind diese Puncte nur kurz berührt in § 11 extr. 23. 27.

Als Thema können wir die Worte in § 2 bezeichnen: δεῖ σκοπεῖν, ὅπως μὴ χείρους περὶ ἡμᾶς αὐτοὺς δόξομεν τῶν ὑπαρχόντων. Danach hat die Rede zwei Theile: 1. Die Verhältnisse sind Athen günstig, und 2. wir müssen zusehen, dass wir uns ihrer nicht unwürdig zeigen; πρὸς αὐτὴν ἥκει τὴν τελευτὴν τὰ πράγματ' αὐτοῦ (τοῦ Φιλίππου). § 5. und αὐτῶν οὖν ἡμῶν ἔργον τοῦτ' ἤδη. § 27.

Eine besondere Aufmerksamkeit verdient, was Demosthenes über das Glück Philipps sagt. Wir wissen, dass viele ihn als einen unüberwindlichen Günstling des Glücks mit abergläubischer Resignation anstaunten. Demosthenes nun nimmt den Ausdruck τύχη auf, der im Munde der gedankenlosen Menge gewiss der herrschende war, aber er setzt sofort die εὔνοια θεῶν an seine Stelle. So lange das Glück als eine in blinder Laune mit den Geschicken der Menschen spielende Macht aufgefasst wird, lässt sich die abergläubische Furcht davor nicht bekämpfen; wo alle Consequenz fehlt, ist mit Gründen nichts zu machen. Treten aber an die Stelle der τύχη persönliche göttliche Wesen, die Götter, denen ein bewusstes Handeln und die Wahrung fester sittlicher Ordnungen zugeschrieben wird, so lassen sich auch feste Hoffnungen auf die übermenschlichen Mächte gründen und mit Gründen erwecken. Gleich im § 1 spricht Demosthenes zweimal aus, dass in der gegenwärtigen Situation das Wohlwollen der Götter offenbar geworden sei, dass sie als eine übermenschliche und göttliche Wohlthat erscheine, und in § 2 gebraucht er dann den Ausdruck, dass sie von der τύχη geschaffen sei. (§ 1. ἡ παρὰ τῶν θεῶν εὔνοια φανερὰ γίγνεται — τὸ τοὺς πολεμήσοντας Φιλίππῳ γεγενῆσθαι δαιμονίᾳ τινὶ καὶ θείᾳ παντάπασιν ἔοικεν εὐεργεσίᾳ — § 2. οἱ ὑπὸ τῆς τύχης παρασκευασθέντες σύμμαχοι καὶ καιροί). -- Weil neben den Menschen auch die Götter als Gegner Philipps in Anschlag zu bringen sind, nennt er ihn § 5 nicht nur ungerecht, sondern an erster Stelle meineidig; der Meineid fordert ja vor allem die Rache der Götter heraus (ἐπίορκος καὶ ἄπιστος).

Eingehend wird dann die Frage in Betreff des Glücks § 22—25 abgehandelt. Auch dort wird zunächst an Stelle der τύχη sofort das Wohlwollen der Götter gesetzt: εἴ τις τὸν Φίλιππον εὐτυχοῦντα ὁρῶν ταύτῃ φοβερὸν προσπολεμῆσαι νομίζει, σώφρονος μὲν ἀνθρώπου λογισμῷ χρῆται· μεγάλη γὰρ ῥοπή, μᾶλλον δὲ τὸ ὅλον ἡ τύχη παρὰ πάντ' ἐστί τὰ τῶν ἀνθρώπων πράγματα· οὐ μὴν ἀλλ' ἔγωγε —

---

*) So fügt D. § 2 der Aufforderung, welche das Thema enthält, als einziges Motiv hinzu: ὡς ἔστι τῶν αἰσχρῶν, μᾶλλον δὲ τῶν αἰσχίστων, μὴ μόνον πόλεων καὶ τόπων ὧν ἡμεῖς ποτε κύριοι φαίνεσθαι προϊεμένους, ἀλλὰ καὶ τῶν ὑπὸ τῆς τύχης παρασκευασθέντων συμμάχων καὶ καιρῶν. Und § 3 gibt er das Resultat der Versäumnisse der früheren Zeit mit den Worten: αἰσχύνην ὠφλήκατε. Der Schlusssatz der Rede aber ist: κἂν ταῦτα ποιῆτε, οὐ τὸν εἰπόντα μόνον παραχρῆμα ἐπαινέσεσθε, ἀλλὰ καὶ ὑμᾶς αὐτοὺς ὕστερον, βέλτιον τῶν ὅλων πραγμάτων ὑμῖν ἐχόντων.

τὴν τῆς ἡμετέρας πόλεως τύχην ἂν ἑλοίμην —· πολὺ γὰρ πλείους ἀφορμὰς εἰς τὸ τὴν παρὰ τῶν θεῶν εὔνοιαν ἔχειν ὁρῶ ἡμῖν ἐνούσας ἢ ἐκείνῳ —· οὐκ ἔνι δ' αὐτὸν ἀργοῦντα οὐδὲ τοῖς φίλοις ἐπιτάττειν ὑπὲρ αὐτοῦ τι ποιεῖν, μή τί γε τοῖς θεοῖς. Und nun entwindet Demosthenes den Zuhörern das Wort θαυμα- σιόν, die Behauptung, dass Philipps Erfolge unbegreiflich seien; und er entreisst ihnen damit die Grundlage alles gedankenlosen Redens von seinem Glück, von der τύχη. Nicht das ist unbegreif- lich, dass der thätige Philipp über euch, die ihr nichts thut, Herr wird (§ 23. οὐ δὴ θαυμα- σιόν ἐστιν εἰ — οὐδὲ θαυμάζω τοῦτ' ἐγώ· τοὐναντίον γὰρ ἂν ἦν θαυμασιόν, εἰ —); unbegreiflich ist vielmehr die Unthätigkeit der Athener bei solchen Erfolgen des Gegners (§ 24. ἀλλ' ἐκεῖνο θαυμάζω εἰ — ταῦτα θαυμάζω καὶ ἔτι πρὸς τούτοις εἰ —·) und unbegreiflich wäre es, wenn bei ihr das Ver- lorene wiedergewonnen würde (§ 56. ἀλλ' οὔτ' εὔλογον οὔτ' ἔχον ἐστι φύσιν τοῦτό γε). Es ist alles ganz begreiflich und natürlich zugegangen. Will man vom Eingreifen einer höheren Macht sprechen, so ist nach der Lage der äusseren Verhältnisse und der sittlichen Berechtigung zu schliessen, dass die Götter auf der Seite Athens stehen werden, wenn die Athener nur nicht müssig sitzen. Der Gang der Darstellung im einzelnen ist folgender:

Eingang § 1: Die verzweifelte Erhebung mächtiger Nachbarn gegen Philipp ist für Athen ein offenbares Zeichen der Gunst und Fürsorge der Götter.

Thema § 2: δεῖ τοίνυν τοῦτ' ἤδη σκοπεῖν, ὅπως μὴ χείρους περὶ ἡμᾶς αὐτοὺς εἶναι δόξο- μεν τῶν ὑπαρχόντων.

Beschränkung der Ausführung § 3—5*). Nicht von Philipps Macht will der Redner sprechen, um nicht indirect seine Schlauheit und Rührigkeit zu loben, Athens Schande aufzu- decken (§ 3); er will vielmehr Philipps Treulosigkeit und Schlechtigkeit schildern (με- γάλα ὀνείδη; ἐπίορκος, ἄπιστος, φαῦλος), die seine Schwäche ist. So wird er als nichtswürdig er- scheinen und der Schein der Unangreifbarkeit zerstört (beides ist dem Staate zuträglich (§ 5), weil es die sittliche Energie und die ermuthigende Hoffnung für den Kampf weckt). Hiermit ergiebt sich als

Erster Theil: § 6—21. πρὸς αὐτὴν ἥκει τὴν τελευτὴν τὰ πράγματ' αὐτοῦ.

I. Die Menschen wenden sich von ihm ab, nachdem die Zeit seine Schlechtigkeit aufgedeckt hat.

1. τὰ συμμαχικὰ ἀσθενῶς καὶ ἀπίστως ἔχει Φιλίππῳ — § 13.

die ehemaligen Bundesgenossen: Athen, ehemals geködert durch Aussicht auf Amphipolis,

Olynth, gewonnen durch das Athen gehö- rige Potidaea,

Thessalien, gewonnen durch Vorspiegelun- gen über Magnesia und den pho- cischen Krieg,

alle, die mit ihm zu thun haben, —

---

*) Der kräftigste Antrieb die durch Olynths Erhebung gebotene Gelegenheit nicht unbenutzt zu lassen, liegt darin, dass der gegenwärtige Moment ein entscheidender ist. In der ersten Rede hat D. beide Möglichkeiten, beide Seiten der Situation gleichmässig hervorgehoben; hier berührt er die eine — die Gefahr — nur leicht und behandelt die andere von einer neuen Seite. Bei der Einführung des zweiten Gesichtspunctes verhüllt er die logische Gliederung durch Umstellung: „Nicht von Philipps Macht will ich sprechen, das hiesse ihn rühmen," — wir erwarten die Fort- setzung: sondern von seiner Schwäche, die in seiner Schlechtigkeit begründet, seine Schande ist, aber der Fortgang der Gedanken ist vielmehr — „sondern von seiner Schlechtigkeit, die seine Schwäche ist." Der Redner will eben vor allem die moralische Entrüstung erwecken.

haben erkannt, dass er sie betrogen hat (§ 7), dass ihre Interessen von den seinigen verschieden sind; durch ihren Abfall muss er nun gestürzt werden; eine Macht, die nicht auf Wahrheit und Gerechtigkeit begründet ist, zerfällt bald in sich; es bedarf nur eines kleinen Stosses ($\mu\iota\varkappa\varrho\grave{o}\nu$ $\pi\tau\alpha\tilde{\iota}\sigma\mu\alpha$ $\ddot{\alpha}\pi\alpha\nu\tau\alpha$ $\delta\iota\acute{\epsilon}\lambda\upsilon\sigma\epsilon\nu$ — 10); führt diesen Stoss (§ 11—13) durch rasche Truppensendung und entsprechende Botschaft nach Thessalien etc., und es wird sich zeigen, dass

2. $\varkappa\alpha\grave{\iota}$ $\tau\grave{\alpha}$ $\tau\tilde{\eta}\varsigma$ $o\grave{\iota}\varkappa\epsilon\acute{\iota}\alpha\varsigma$ $\grave{\alpha}\varrho\chi\tilde{\eta}\varsigma$ $\varkappa\alpha\grave{\iota}$ $\delta\upsilon\nu\acute{\alpha}\mu\epsilon\omega\varsigma$ $\varkappa\alpha\varkappa\tilde{\omega}\varsigma$ $\check{\epsilon}\chi\epsilon\iota$. § 14—21.

    a. Macedonien, stets für sich nur unbedeutend an Macht (§ 14), jetzt durch die steten Kriege erschöpft (§ 15), kann nicht mehr leisten und will sich für Philipps Ehrgeiz nicht mehr ausbeuten lassen (— § 16).

    b. Das Heer ($o\grave{\iota}$ $\pi\epsilon\varrho\grave{\iota}$ $\alpha\grave{\upsilon}\tau\grave{o}\nu$ $\xi\acute{\epsilon}\nu o\iota$ $\varkappa\alpha\grave{\iota}$ $\pi\epsilon\zeta\acute{\epsilon}\tau\alpha\iota\varrho o\iota$) ist durch seinen auf jedes Verdienst eifersüchtigen Ehrgeiz und sein zuchtloses Wesen der tüchtigen und ehrenfesten Männer beraubt; die lüderlichen und habgierigen Gesellen werden in der Noth keine Stütze sein, $\epsilon\grave{\iota}$ $\delta\acute{\epsilon}$ $\tau\iota$ $\pi\tau\alpha\acute{\iota}\sigma\epsilon\iota$ (s. § 6. $\pi\tau\alpha\tilde{\iota}\sigma\mu\alpha$), $\tau\acute{o}\tau'$ $\grave{\alpha}\varkappa\varrho\iota\beta\tilde{\omega}\varsigma$ $\alpha\grave{\upsilon}\tau o\tilde{\upsilon}$ $\tau\alpha\tilde{\upsilon}\tau'$ $\grave{\epsilon}\xi\epsilon\tau\alpha\sigma\vartheta\acute{\eta}\sigma\epsilon\tau\alpha\iota$. $\delta o\varkappa\epsilon\tilde{\iota}$ δ' $\check{\epsilon}\mu o\iota\gamma\epsilon$ $\delta\epsilon\acute{\iota}\xi\epsilon\iota\nu$ $o\grave{\upsilon}\varkappa$ $\epsilon\grave{\iota}\varsigma$ $\mu\alpha\varkappa\varrho\acute{\alpha}\nu$, $\ddot{\alpha}\nu$ $o\ddot{\iota}\tau\epsilon$ $\vartheta\epsilon o\grave{\iota}$ $\vartheta\acute{\epsilon}\lambda\omega\sigma\iota$ $\varkappa\alpha\grave{\iota}$ $\grave{\upsilon}\mu\epsilon\tilde{\iota}\varsigma$ $\beta o\acute{\upsilon}\lambda\eta\sigma\vartheta\epsilon$.

II. Die Götter wollen mit Athen sein. § 22—26.

    $\epsilon\grave{\iota}$ $\tau\iota\varsigma$ $\alpha\grave{\iota}\varrho\epsilon\sigma\acute{\iota}\nu$ $\mu o\iota$ $\delta o\acute{\iota}\eta$, $\tau\grave{\eta}\nu$ $\tau\tilde{\eta}\varsigma$ $\grave{\upsilon}\mu\epsilon\tau\acute{\epsilon}\varrho\alpha\varsigma$ $\pi\acute{o}\lambda\epsilon\omega\varsigma$ $\tau\acute{\upsilon}\chi\eta\nu$ $\ddot{\alpha}\nu$ $\grave{\epsilon}\lambda o\acute{\iota}\mu\eta\nu$. § 22 cf. oben; denn

    1. Athen hat mehr Anspruch auf die Gunst der Götter (wegen seiner gerechten Sache)

    2. die Thatsachen beweisen nicht eine Bevorzugung Philipps durch die Götter; nicht seiner $\tau\acute{\upsilon}\chi\eta$, sondern seiner Rührigkeit und der Schlaffheit und Uneinigkeit der Athener verdankt er seine Siege — § 26.

Zweiter Theil: § 27—31. $\alpha\grave{\upsilon}\tau\tilde{\omega}\nu$ $o\grave{\upsilon}\nu$ $\grave{\eta}\mu\tilde{\omega}\nu$ $\check{\epsilon}\varrho\gamma o\nu$ $\tau o\tilde{\upsilon}\tau'$ $\check{\eta}\delta\eta$ § 27 in.

    ($\chi\epsilon\acute{\iota}\varrho o\upsilon\varsigma$ $\pi\epsilon\varrho\grave{\iota}$ $\grave{\eta}\mu\tilde{\alpha}\varsigma$ $\alpha\grave{\upsilon}\tau o\acute{\upsilon}\varsigma$ $\grave{\epsilon}\sigma\mu\epsilon\nu$ $\tau\tilde{\omega}\nu$ $\grave{\upsilon}\pi\alpha\varrho\chi\acute{o}\nu\tau\omega\nu$ cf. § 2)

wir müssen das Reden ohne entsprechendes Handeln, das leere Streiten und Verdächtigen, die halben Massregeln aufgeben und in Politik und Kriegführung, wie es freier Männer würdig ist, selbständig und consequent handeln ($\delta\epsilon\tilde{\iota}$ $\delta\grave{\eta}$ $\tau\alpha\tilde{\upsilon}\tau'$ $\grave{\epsilon}\pi\alpha\nu\acute{\epsilon}\nu\tau\alpha\varsigma$ $\varkappa\alpha\grave{\iota}$ $\grave{\upsilon}\mu\tilde{\omega}\nu$ $\alpha\grave{\upsilon}\tau\tilde{\omega}\nu$ $\check{\epsilon}\tau\iota$ $\varkappa\alpha\grave{\iota}$ $\nu\tilde{\upsilon}\nu$ $\gamma\iota\nu o\mu\acute{\epsilon}\nu o\upsilon\varsigma$ $\varkappa o\iota\nu\grave{o}\nu$ $\varkappa\alpha\grave{\iota}$ $\tau\grave{o}$ $\lambda\acute{\epsilon}\gamma\epsilon\iota\nu$ $\varkappa\alpha\grave{\iota}$ $\tau\grave{o}$ $\beta o\upsilon\lambda\epsilon\acute{\upsilon}\epsilon\sigma\vartheta\alpha\iota$ $\varkappa\alpha\grave{\iota}$ $\tau\grave{o}$ $\pi\varrho\acute{\alpha}\tau\tau\epsilon\iota\nu$ $\pi o\iota\tilde{\eta}\sigma\alpha\iota$ § 30). So werdet ihr euch selbst loben können, und um den Staat wird es besser stehn.

Hatte der Redner in der zweiten Rede durch die Hoffnung auf den Erfolg und durch die sittliche Entrüstung, welche ohne die Macht des Gegners ängstlich abzuwägen unbedingt gegen die Herrschaft des Schlechten sich aufbäumt, die Zuhörer fortzureissen gesucht, so schlägt er in der dritten Rede einen ganz andern Ton an. Dort galt es den gesunkenen Muth zu heben, den matten Sinn zu frischem Selbstgefühl zu beleben; hier gilt es Illusionen zu zerstören und durch unverhüllte Bezeichnung der Thorheiten, zu denen das kluge athenische Volk durch seine sittliche Schlaffheit herabsank, statt der Verachtung der Gegner des eignen Nichts durchbohrendes Gefühl zu erwecken. So wird gleich im Eingange der Contrast zwischen der Wirklichkeit und den grossen Worten der Redner, von denen das Volk sich einwiegen lässt, scharf hervorgehoben und geradezu gesagt, das Volk will das Nöthige nicht thun, trotz richtiger Einsicht (§ 3), „denn nichts ist ja leichter, wie es § 19 heisst, als sich selbst zu täuschen; jeder glaubt, was er wünscht." — Dass es sich um Vertheidigung handle, nicht um Züchtigung Philipps wird § 6—9 nachgewiesen, wo alle Momente der Entscheidung, die ausserhalb Athens liegen, in grösster Kürze vorgeführt werden; und hier ist nie die Möglichkeit des Sieges ausgemalt, sondern immer das Schreckbild des Misserfolgs in den Vordergrund gestellt. Alle Sätze, die von der Zukunft sprechen, beruhen auf der Annahme des ungünstigen Falles, dass die Athener die gute Gelegenheit nicht benutzen.*) — Und wie furchtbar bitter sind die folgenden Abschnitte, wo die Politik der Athener geschildert und aus ihrem Hang zu bequemem Lebensgenusse abgeleitet wird; z. B. wenn der Redner den Satz: ψήφισμα οὐδενὸς ἄξιόν ἐστιν, ἂν μὴ προςγένηται τὸ ποιεῖν ἐθέλειν τά γε δόξαντα προθύμως ὑμᾶς erst noch eingehend beweist, weil das Volk eben handelt, als ob es ihn nicht kenne. Unnachsichtlich legt Demosthenes hier die Schäden bloss und beschämt die falsche Sophistik der sittlichen Schlaffheit mit dem schlichtesten Ausdruck der Wahrheit, die fast trivial klingt und doch nicht anerkannt wird, als ob sie nicht erkannt wäre. Aber · er weiss, dass Selbstverachtung und Selbstironie nicht die Quelle grosser Thaten sind, und so erhebt er die Hörer wieder, indem er ihnen als Spiegel die grossen Alten, die Männer der Perserkriege und der Perikleischen Zeit vorhält. οὐ γὰρ ἀλλοτρίοις ὑμῖν χρωμένοις παραδείγμασιν ἀλλ᾽ οἰκείοις, ὦ ἄ. ᾽Α., εὐδαίμοσιν ἔξεστι γενέσθαι! Weil die alten Athener selbst in das Feld zogen d. h. die Energie zu handeln hatten, waren sie freie Männer. Und nun der klassische Grundsatz aller Menschen- und Volkserziehung § 32: „Nimmermehr kann ein Mensch, der kleinliche und gemeine Dinge treibt, einen grossen und jugendkräftigen Sinn hegen; denn wie das Treiben eines Menschen, so ist nothwendig auch seine Gesinnung!" Im Felde und in wirklicher Arbeit für das Vaterland sollen die Athener wieder Männer werden; wenn sie sich dazu ihren jetzigen Gewohnheiten entsagend entschliessen, dann können sie vielleicht, vielleicht (ἴσως ἄν, ἴσως) ein echtes grosses Gut gewinnen. Welches? der Redner nennt zunächst die Befreiung von den unwürdigen kleinen Spenden aus der Staatskasse; er berührt damit den der Menge so lieben Krebsschaden des Staates. Und seine Beseitigung war ohne eine sittliche und politische Regeneration nicht zu denken; mit ihr war dann alles gegeben, auch das μὴ παραχωρεῖν τῆς τάξεως ἣν ὑμῖν οἱ πρόγονοι τῆς ἀρετῆς μετὰ πολλῶν καὶ καλῶν κινδύνων κτησάμενοι κατέλιπον, welches der Redner am Schluss nicht hoffnungsvoll, aber entschieden verlangt.

Philipps Name wird in dem Schlusstheil nicht wieder genannt, aber die selbständige Führung des Kampfes gegen ihn, die Verwendung aller flüssigen Mittel für den Krieg stellt Demosthenes § 33 als den ersten Schritt zu einer besseren Zeit hin, die vielleicht, vielleicht noch über Athen heraufgeführt werden kann. Die Schilderung der früheren Grösse Athens hat ein höheres Ziel gezeigt, als einzelne kriegerische Erfolge; die Besiegung der Barbaren ist nur eine Seite der τάξις τῆς ἀρετῆς, welche die Vorfahren einnahmen, welche die Athener jetzt wiederzugewinnen haben. Aber es ist

---

§ 6. εἰ μὴ βοηθήσετε παντὶ σθένει κατὰ τὸ δυνατόν — § 8. τί οὖν ὑπολοιπὸν πλὴν βοηθεῖν ἐρρωμένως καὶ προθύμως; ἐγὼ μὲν οὐχ ὁρῶ· χωρὶς γὰρ τῆς περιστάσης ἂν ἡμᾶς αἰσχύνης εἰ καθυφείμεθά τι τῶν πραγμάτων, οὐδὲ τὸν φόβον μικρὸν ὁρῶ etc. § 9. ἀλλὰ μὴν εἴ τις ὑμῶν εἰς τοῦτο ἀναβάλλεται ποιήσειν τὰ δέοντα, ἰδεῖν ἐγγύθεν βούλεται τὰ δεινά, ἐξὸν ἀκούειν ἄλλοθι γιγνόμενα, καὶ βοηθοὺς ἑαυτῷ ζητεῖν, ἐξὸν νῦν ἑτέροις αὐτὸν βοηθεῖν· ὅτι γὰρ εἰς τοῦτο περιστήσεται τὰ πράγματα, ἐὰν τὰ παρόντα προώμεθα, σχεδὸν ἴσμεν ἅπαντες δήπου.

jetzt nicht die Zeit an der Ausmalung froher Hoffnungen sich zu erfreuen; es gilt das Nächste in das Auge zu fassen, die Erfüllung dessen, was die Billigkeit, die Pflicht der Selbsterhaltung, die Ehre des Landes gebietet, und bei diesen Forderungen verweilt der Redner und schliesst mit dem einfachen Wunsche, dass man wählen möge, was dem Vaterlande und allen zuträglich sein werde.

Ich wende mich zur Disposition. Der Anfang der Rede führt uns sofort in medias res.

Feststellung des Themas § 1—3: $\tau\grave{\alpha}\ \pi\varrho\acute{\alpha}\gamma\mu\alpha\tau\alpha\ \varepsilon\grave{\iota}\varsigma\ \tauο\tilde{\upsilon}\tauο\ \pi\varrhoο\acute{\eta}\varkappa\varepsilon\iota,\ \tilde{\omega}\sigma\tau\varepsilon\ \acute{o}\pi\omega\varsigma\ \mu\grave{\eta}\ \pi\varepsilon\iota\sigmaό\mu\varepsilon\vartheta\alpha$ $\alpha\grave{\upsilon}\tauο\grave{\iota}\ \varkappa\alpha\varkappa\tilde{\omega}\varsigma\ \sigma\varkappa\acute{\varepsilon}\psi\alpha\sigma\vartheta\alpha\iota\ \deltaέον.$

    1. §. 1—2. Nicht um Bestrafung Philipps handelt es sich, wie frevelhaft die Volksschmeichler sagen, sondern um Abwehr des Verderbens von Athen und um Rettung der Bundesgenossen.

    2. § 3. Die Aufgabe ist, nicht sowohl die Erkenntnis zu gewinnen, welche Masregeln zu beschliessen seien, als den Entschluss das Nöthige wirklich auszuführen.

Erster Theil. § 4—9. $\grave{\varepsilon}\varkappa\ \tauο\tilde{\upsilon}\ \pi\varrho\grave{ο}\varsigma\ \chi\acute{\alpha}\varrho\iota\nu\ \delta\eta\mu\eta\gammaο\varrho\varepsilon\tilde{\iota}\nu\ \grave{\varepsilon}\nu\acute{\iota}ο\upsilon\varsigma,\ \varepsilon\grave{\iota}\varsigma\ \pi\tilde{\alpha}\nu\ \pi\varrhoο\varepsilon\lambda\acute{\eta}\lambda\upsilon\vartheta\varepsilon\ \muο\chi\vartheta\eta\varrho\acute{\iota}\alpha\varsigma\ \tau\grave{\alpha}$ $\pi\alpha\varrhoό\nu\tau\alpha.$

    1. § 4—5. Illusionen veranlassten in der Vergangenheit glänzende Beschlüsse und schmähliche Unthätigkeit. $\varepsilon\grave{\iota}\ —\ \grave{\varepsilon}\betaο\eta\vartheta\acute{\eta}\sigma\alpha\mu\varepsilon\nu,\ \tilde{\omega}\sigma\pi\varepsilon\varrho$ $\grave{\varepsilon}\psi\eta\varphi\iota\sigma\acute{\alpha}\mu\varepsilon\vartheta\alpha,\ \pi\varrhoο\vartheta\acute{\upsilon}\mu\omega\varsigma,\ ο\grave{\upsilon}\varkappa\ \grave{\alpha}\nu\ \grave{\eta}\nu\acute{\omega}\chi\lambda\varepsilon\iota\ \nu\tilde{\upsilon}\nu\ \acute{o}\ \Phi.\ \sigma\omega\vartheta\varepsilon\acute{\iota}\varsigma.$

    2. § 6—9. Die gegenwärtige Situation ist zwar hoffnungerweckend (Olynths Erhebung erfüllt einen alten Wunsch und legt Philipp Fesseln an), aber auch gefährlich (Theben ist feindlich, Phocis erschöpft, nichts hindert Philipp uns hier anzugreifen). Ueber die Schilderung dieser Gefahr s. oben. Das $\betaο\eta\vartheta\varepsilon\tilde{\iota}\nu$ ist das einzige Mittel, ihr zu entrinnen ($\mu\grave{\eta}\ \pi\alpha\vartheta\varepsilon\tilde{\iota}\nu\ \varkappa\alpha\varkappa\tilde{\omega}\varsigma$ nach § 1 u. § 6).

Zweiter Theil. § 10—32. Wie ist zu helfen? Durch Reformation des Staats und sittliche Erhebung des Volks. (§ 32. 33. $\grave{\alpha}\pi\alpha\lambda\lambda\alpha\gamma\tilde{\eta}\nu\alpha\iota\ \tauο\acute{\upsilon}\tau\omega\nu\ \tau\tilde{\omega}\nu\ \grave{\varepsilon}\vartheta\tilde{\omega}\nu$ und $\mu\acute{\varepsilon}\gamma\alpha\ \varkappa\alpha\grave{\iota}\ \nu\varepsilon\alpha\nu\iota\varkappaò\nu\ \varphi\varrhoό\nu\eta\mu\alpha\ \lambda\alpha\beta\varepsilon\tilde{\iota}\nu$).

    1. § 10—13. Aufhebung der Gesetze über die Theatergelder und die Befreiung vom Kriegsdienste ($\nuο\muο\vartheta\acute{\varepsilon}\tau\alpha\varsigma\ \varkappa\alpha\vartheta\tilde{\iota}\sigma\alpha\iota$).

    2. § 14—16. Aufgeben der bequemen Praxis Beschlüsse zu fassen, aber nicht auszuführen.

    3. § 17—20. Aufgeben der schmählichen Ausflüchte,

        dass andere an dem Unglück schuld seien; Verschuldung einer Gesammtheit ist zuletzt doch Verschuldung der Einzelnen. § 17.

        dass eine nützliche Massregel drückend sei ($ο\grave{\upsilon}\chi\ \grave{\eta}\delta\acute{\varepsilon}\alpha\ \tau\alpha\tilde{\upsilon}\tau\alpha$); lässt sich das Nützliche und Angenehme nicht vereinigen, so muss man jenes vorziehen; eine Selbsttäuschung durch leere Hoffnungen ist unklug und schimpflich. § 18—20.

    4. § 21—32. Aufgeben der auf bequemen Lebensgenuss gerichteten Unthätigkeit, in welcher das Wohl des Vaterlandes über den Phrasen eigennütziger Redner vergessen wird.

        Begründung durch Vergleich a. mit den Erfolgen und b. dem Verhalten der Vorfahren.

a. § 21—29. Die **Vorfahren** besiegten die Barbaren,
hatten 45 Jahre die Hegemonie Griechenlands,
schmückten die Stadt mit unübertrefflichen Bauten
zur Ehre der Götter und des Staats,
während die Leiter einfach und in den Grenzen bürgerlicher
Gleichheit lebten.
Wir dagegen haben trotz der Schwäche der Nebenbuhler Land und
Geld verloren,
haben durch unsere Fehler Philipp mächtig gemacht,
haben nichts nennenswerthes für Festigkeit und Schön-
heit der Stadt gethan,
während die Redner reich geworden sind und die Herren spielen.

b. § 30—32. Die **Vorfahren** zogen selbst in den Krieg und erhielten sich so die
Controle über alles und männlichen Sinn.
Ihr dagegen sitzt in eure kleinlichen Interessen verloren zu Hause
und verliert Freiheit und Energie.

Schluss. § 33—36. Wenn der Entschluss gefasst ist, die alte Weise aufzugeben und Athens
würdig zu handeln — persönlicher Kriegsdienst für das Vaterland und Verwendung
aller flüssigen Gelder auf den Krieg ist die erste Bewährung dieses Entschlusses —,
so kann der Staat durch Beseitigung der demoralisierenden Spenden, durch gerechte
Vertheilung der Staatslasten und Rechte sich neu erheben und den Ehrenplatz, den
die Vorfahren erwarben, behaupten.' Wählet, was dem Staate und euch allen nützen
wird!

Also die **erste Rede** behandelt die Situation nach ihren beiden Seiten; dieselbe ist gefährlich, aber auch günstig; für die Gefahr ist besonders auf die bedeutende Persönlichkeit Philipps hingewiesen, für die Gunst der Verhältnisse auf die Stimmung und Stellung der eventuellen
Bundesgenossen. Die **zweite Rede** fasst die Situation von der günstigen Seite auf und behandelt die schwachen Seiten Philipps; die **dritte** dagegen fasst die Gefahr in das Auge und behandelt die schwachen Seiten Athens. So giebt uns jede einen neuen Gesichtspunct und erst in der
Vereinigung aller drei ist das Bild des Kampfes, in dem Demosthenes sein Volk retten und ver-
jüngen will, nach den äusseren Verhältnissen, wie nach der sittlichen Idee ganz vor unsern Blicken
entrollt.

Schulnachrichten.

A. Chronik der Anstalt seit Ostern 1869.

Das Schuljahr begann am 6. April 1869 und wird den 8. April 1870 geschlossen werden. Die Ferien währten zu Pfingsten vom 15. bis 19. Mai, in den Hundstagen vom 8. Juli bis 4. August, im Herbst vom 25. September bis 4. October, im Winter vom 23. December bis 4. Januar.

Aus dem Lehrercollegium waren mit dem Schlusse des vorigen Schuljahrs ausgeschieden: die Candidaten des höheren Schulamts H. Stier und J. Rohleder, welche seit Mich. 1867 resp. Ost. 1868 neben Ableistung ihres Probejahrs wissenschaftliche Hülfslehrerstellen versahen. Statt ihrer traten mit dem neuen Schuljahre die Candidaten des höh. Schulamtes R. Wollenburg aus Mühlenbeck in Pommern und F. Devantier aus Colberg ein, als wiss. Hülfslehrer, zugleich zur Ableistung ihres Probejahrs. — Einen besonders schweren Verlust erlitt die Anstalt im Anfang des Schuljahrs durch Abgang des Hrn. Conrector Fischer, welcher nach sechzehnjähriger Wirksamkeit an unserer Schule als Director der Realschule nach Bernburg berufen auf seinen Antrag mit Genehmigung der vorgesetzten Schulbehörden am 8. Mai aus seinem hiesigen Amte entlassen wurde. Seine Unterrichtsstunden übernahm der Gymnasiallehrer Hr. Dr. Seelmann-Eggebert, für den der Candidat des höh. Schulamts O. Lubarsch aus Sonnenburg eintrat, welcher als wissenschaftlicher Hülfslehrer neu berufen wurde und gleichzeitig sein Probejahr ableistete. Die durch Weggang des Dr. Fischer erledigte Conrectorstelle wurde mit dem 1. October durch Ascension besetzt.

Mit dem Schluss des Schuljahrs scheidet aus dem Collegium der Candidat der Theologie und des höh. Schulamts P. Neumann, welcher seit Michaelis 1866 als wiss. Hülfslehrer hier angestellt war; er tritt in ein geistliches Amt ein.

Der Gesundheitszustand war im allgemeinen ein günstiger; nur in den ersten Monaten des Schuljahrs veranlasste die in der Stadt und Umgegend herrschende Maserepidemie in der Vorschule und den unteren Klassen eine gewisse Störung des Unterrichts. Vier Schüler entriss uns der Tod. Der Vorschüler Wilhelm Berendt starb am 24. Juni an der Bräune; er wurde in Stille bestattet. Am 13. Juni starb der Vorschüler Hermann Rottsahl an den Masern, am 18. August der Realsecundaner Emil Wilcke am Typhus, am 17. September der Gymnasialtertianer Paul Tessmer aus Nehmer nach längerem Leiden. Der Director widmete jedes Mal die nächste Schulandacht dem Gedächtnis der Verstorbenen und sämmtliche Lehrer und ein Theil der Schüler gaben denen, welche in Colberg bestattet wurden, das letzte Geleit.

Die gemeinsamen Andachten wurden wie früher in vierteljährlichem Wechsel abgehalten Montags zur Eröffnung der Schulwoche vom Oberl. Dr. Fiedler, Cand. Neumann und zweimal vom Berichterstatter; die Schlussandacht am Sonnabend vom Oberl. Steinbrück, Dr. Seelmann-Eggebert und zweimal vom Berichterstatter.

Folgende Tage verdienen noch eine besondere Erwähnung:

Am 19. Juni machten die oberen Klassen unter Führung des Turnlehrers Dr. Fiedler und in Begleitung mehrerer Lehrer eine Turnfahrt nach dem Kemitzsee. Die mittleren Klassen gingen nach Henkenhagen, die Sextaner nach dem Stadtwalde.

Am 30. Juni fand in Colberg die Provinzialversammlung der Pommerschen Gustav-Adolph-Vereine statt. Zur Theilnahme an dem Gottesdienste und der Nachmittagsversammlung in der Maikuhle wurde der Unterricht nach der zweiten Vormittagsstunde geschlossen.

Am 2. Juli, dem Gedächtnistage für die siegreich bestandene Belagerung Colbergs im J. 1807, wurde zur Theilnahme an dem Festgottesdienste in dem Dom und an dem Volksfeste in der Maikuhle ebenfalls von 9 Uhr ab freigegeben.

Am 8. September Nachm. von 4—6 Uhr wurde unter Leitung des Turnlehrers Dr. Fiedler auf dem Turnplatze in der Maikuhle ein Schauturnen gehalten, welches recht besucht war und von der Turnlust und Turnfertigkeit unserer Jugend einen erfreulichen Beweis gab.

Am 13. September hielten wir im Kreise der Schule eine einfache Feier zum Gedächtnis Alexander von Humboldts. Um 10 Uhr versammelten sich die Lehrer und die Schüler von Prima bis Quarta in der Aula; der Prorector Hr. Prof. Dr. Girschner schilderte in eingehendem Vortrage den Entwickelungsgang A. v. Humboldts und seine Bedeutung für die Wissenschaft; dann trugen Schüler der oberen Klassen ausgewählte Abschnitte aus seinen Werken vor.

Am 20. September war die mündliche Abiturientenprüfung des Gymnasiums; am Vormittage hatte der Königl. Commissarius Hr. Prov.-Schulrath Dr. Wehrmann den Unterricht in mehreren Klassen besucht. Die Entlassung der Abiturienten fand bei dem Schulschluss am 24. September statt.

Die gemeinsame Communion begingen Lehrer und Schüler am 31. Oct. (23. p. Tr.).

Die Feier zum Gedächtnis der Frau Dorothea Krolow wurde in stiftungsmässiger Weise durch Rede des Directors und Aufführung einer Figuralmusik am 7. Febr. d. J. Vorm. 11 Uhr begangen. Der Director sprach über Adolph Clarenbach, den Reformator des Bergischen Landes.

Am 25. Februar d. J. Vorm. 11 Uhr wurde in herkömmlicher Weise im Kreise der Schule das Andenken des Colberger Dichters Ramler gefeiert, und dabei von dem Vorstande des Vereins zur Erhaltung des Ramlerschen Denkmals (Hrn. Justizrath Götsch, Hofprediger Stumpff und dem Unterzeichneten) unter den Concurrenzarbeiten der älteren Primaner des Gymnasiums über das Thema: Warum verdient Klopstock eine Stelle unter den grossen Dichtern unserer Nation? der Arbeit des Primaners Theodor Schmiele der Preis von 30 Thalern zuerkannt.

Am 9. und 10. März war die mündliche Abiturientenprüfung des Gymnasiums und der Realschule. Am Vormittag des 10. März besuchte der Königl. Commissarius Hr. Prov.-Schulrath Dr. Wehrmann von 8—12 Uhr den Unterricht in mehreren Klassen.

Am 21. März Nachmittags wurde eine Vorfeier des Geburtstags Sr. Majestät des Königs durch einen Redeactus begangen, bei welchem zugleich die Entlassung der Abiturienten durch den Director stattfand.

B. Verfügungen des Königlichen Provinzial-Schulcollegiums von allgemeinerem Interesse.

Vom 26. Mai, 15. Dec., 19. Febr. Themata für die zu Pfingsten 1870 stattfindende Conferenz der Gymnasial- und Realschuldirectoren der Provinz Pommern: 1) Zweck und Methode des lateinischen Unterrichts auf Gymnasien und Realschulen. 2) Die Lehrmittel des geschichtlichen Unterrichts auf Gymnasien und Realschulen. 3) Einige die Abänderung der Maturitäts-Prüfungsordnung der Gymnasien betreffende Vorschläge. Die Ergebnisse der hierüber zu pflegenden Berathungen sind bis zum 1. Sept., 15. Febr., 15. April einzusenden.

Vom 27. September: Vom Programm sind in Zukunft 126 + 330 Exempl. einzusenden.

Vom 4. November: Zur Feier des allgemeinen Bettages ist am 10. Nov. freizugeben.

Vom 13. December: Ermächtigung die Osterferien 1870 mit Sonnabend vor Palmarum anzufangen.

Vom 30. December: Regulativ über die geschäftliche Behandlung der Postsachen in Staatsdienstangelegenheiten nach Aufhebung der Portofreiheit.

Von den früheren Verfügungen nehme ich nochmals auf die vom 18. Juni u. 20. Nov. 1869:

Vom 18. Juni: Hinweis auf die neuen Bestimmungen über den einjährigen freiwilligen Militairdienst in der Militär-Ersatzinstruction für den norddeutschen Bund vom 26. März 1868, welche mit Ablauf des Jahres 1868 in Kraft treten. Nach denselben müssen die Schüler der Gymnasien und Realschulen f. O., um den Nachweis der wissenschaftlichen Qualification durch ein Attest zu führen, mindestens ein Jahr der Secunda angehört, an allen Unterrichtsgegenständen theilgenommen, sich das Pensum der Untersecunda gut angeeignet und sich gut betragen haben.

Vom 20. November: Mitth. eines Min.-Rescripts vom 12. Nov. 1868, betreffend die Meldung der Schüler zum einjährigen Freiwilligendienst. Danach ist ein Zeugnis mit der ausdrücklichen Bestimmung: „behufs der Meldung zum einjährigen freiwilligen Militairdienst" nur dann auszustellen, wenn die Lehrerconferenz der Ansicht ist, dass die vorschriftsmässigen Bedingungen dazu erfüllt sind. In allen andern Fällen ist dem Schüler, wenn er die Anstalt verlassen will, ein gewöhnliches Abgangszeugnis zu ertheilen, welches über seine Qualification zum einjährigen Freiwilligendienst kein Urtheil enthält. Den Königlichen Ersatz-Commissionen verbleibt nach § 154, 6 der Instruction das Recht, ihrerseits auch die behufs der Meldung ausgestellten Zeugnisse zu prüfen und über die Anerkennung derselben zu entscheiden.

C. Curatorium des Domgymnasiums und der Realschule.

Dasselbe besteht gegenwärtig aus folgenden Mitgliedern: 1) Bürgermeister Haken, Vorsitzender, Vertreter des Curatoriums bei den Reifeprüfungen; 2) Superintendent Pfarrer Burckhardt; 3) Gymnasialdirector Schmieder; 4) Rathsherr Zunker; 5) Rathsherr Gese; 6) Stadtverordneter Beggerow; 7) Stadtverordneter A. Maager.

D. Lehrverfassung.

I. Schulbücher.

a. Vorschule.

Sendelbachs Fibel und 1. Lesebuch, Hentschels Rechenbücher, Lesebücher von Lüben und Nacke. 80 Kirchenlieder, Spruchsammlung.

b. Gymnasium.

Religion: 80 Kirchenlieder, Spruchsammlung, VI u. V Gütersl. Historien, II u. I Griech. N. T.
Deutsch: VI—IV Hopf und Paulsiek Lesebuch, III—1 Echtermeyer, II Heintze Mhd. Lesebuch, Stiers *Material*.
Latein: VI Schwartz Elementarb., V H. Schmidt dgl., IV—III Bonnells Vocabularium, IV—I Bergers Grammatik, II u. I dess. Stilistik. Uebungsbücher von F. Schultz, Süpfle u. M. Seyffert.
Griechisch: Curtius Grammatik, IV Stiers Elementarbuch.
Hebräisch: Rödigers Grammatik, Brückners Lesebuch.
Französisch: Plötz Elementarbuch und Grammatik.
Geographie: v. Seydlitz Schulgeographie. — Geschichte: III L. Hahns Leitfaden, III—I Dietsch.
Rechnen und Mathematik: VI u. V Hentschels Aufgaben, IV u. III Kambly.

c. Realschule.

Religion: 80 Kirchenlieder, Spruchsammlung.
Deutsch: IV Hopf und Paulsiek, III—I Echtermeyers Gedichtsammlung.
Latein: Berger und Bonnell wie oben, IV Wellers Herodot, III Corn. Nepos, Wellers Livius, II u. I Horstigs Anthol.
Französisch: Plötz Elementarbuch, Grammatik, Vocabulaire systematique; Uebungen zur Erlernung der Syntax.
Englisch: Fölsings Lehrbücher, Dalens Vocabular.
Geographie: v. Seydlitz Schulgeographie. — Geschichte: Dielitz. — Mathematik: Kamblys Lehrbücher.

II. Vertheilung der Lectionen unter die Lehrer.

A. Realschule.

Lehrer.	Ord.	Prima.	Secunda.	Tertia A.	Tertia B.	Quarta.	Gymn.	Summa.
Dr. Schmieder Director.	I	Latein 3					11	14
Prof. Dr. Girschner, Prorector.		Chemie 2	Physik 2 Naturk. 2				13	19
Dr. Meffert, Oberlehrer.	II	Englisch 3	Latein 4 Englisch 3	Englisch 4			8	22
Jacob, Oberlehrer.	III A	Relig. 2 Deutsch 3	Relig. 2 Deutsch 3	Relig. 2 Latein 5				21
Steinbrück, Oberlehrer.				Französ. 4			20	24
Dr. Reichenbach, Ord. Lehrer.	III B			Deutsch 3	Latein 5 Französ. 4		10	22
Schieferdecker, Ord. Lehrer.	IV	Französ. 4	Französ. 4			Latein 3 Französ. 6	4	23
Dr. Seelmann-Eggebert, Ord. Lehrer.		Mathem. 5 Phys. 4	Mathem. 5	Mathem. 6 Zeichnen 2				22
Cantor Schwartz, Ord. Lehrer.				Singen 3		Mathem. 4	15	21
Dr. Hanncke, Ord. Lehrer.		Gesch. 3	Gesch. 3	Gesch. 4			12	22 † 1 Insp
Dr. Janke, Ord. Lehrer.			Chemie 2	Naturk. 2	Mathem. 6 Naturk. 2	Naturk. 2	9	23
Cand. theol. u. d. h. Schulamts Neumann, wiss. Hülfslehrer.					Relig. 2		21	23
Cand. Wollenburg, wiss. Hülfslehrer.						Relig. 2	22	24
Cand. Lubarsch, wiss. Hülfslehrer.						Deutsch 3 Rechnen 2	18	23
Cand. Devantier, wiss. Hülfslehrer.					Deutsch 3 Gesch 4	Gesch. 4	12	23 † 1 Insp.
Meier, Zeichenlehrer.		Zeichnen 3	Zeichnen 2		Zeichnen 2	Zeichnen 2 Schreiben 2	14	25

B. Gymnasium und Vorschule.

Lehrer.	Ord.	Prima.	Secunda.	Tertia. A. u. B.	Quarta.	Quinta.	Sexta. A. u. B.	Vorsch.	Realkl.	Summa.
Dr. Schmieder, Director.		Relig. 3 Griech. 6	Relig. 2						3	14
Prof. Dr. Girschner, Prorector.	I.	Deutsch 3 Math. 3 Physik 2	Math. 4 Physik 1						6	19
Dr. Winckler, Conrector.	II.	Horaz 2	Latein 10 Gesch. 3	A Griech. 6						21
Dr. Meffert, Oberlehrer.		Latein 6 (Engl. 2)							14	22
Steinbrück, Oberlehrer.	III B		Griech. 6	B Lat. 6 B Griech. 6					4	24
Dr. Fiedler, Ord. Lehrer.	III A		Deutsch 2	A Lat. 8 A Dtsch. 2 Gesch. 3	Gesch. 3					21
Dr. Reichenbach, Ord. Lehrer.			Franz. 2	A Ovid 2 A Franz. 3 B Franz. 3					12	22
Schieferdecker, Ord. Lehrer.		Franz. 2	(Engl. 2)						19	23
Cantor Schwartz, Ord. Lehrer.	VI B	Singen 3				Singen 1	A Dtsch. 2 A Lat. 10 Singen 2		4	22
Dr. Hanncke, Ord. Lehrer.		Gesch. 3			Franz. 2	Deutsch 2 Franz. 3 Geogr. 2			10	22 † 1 Insp.
Dr. Janke, Ord. Lehrer.						Naturk. 2	Geogr. 3 B Rechn. 4		14	23
Cand. theol. u. d. h. Sch. Neumann, wiss. Hülfslehrer.	V	Hebr. 2	Hebr. 2	Relig. 2	Relig. 2	Relig. 3 Latein 10			2	22
Cand. Wollenburg, wiss. Hülfslehrer.	IV			B Dtsch. 2 B Ovid 2	Deutsch 2 Latein 10 Griech. 6				2	24
Cand. Lubarsch, wiss. Hülfslehrer.				A Math. 4 B Math. 4.	Math. 3	Rechn. 3	A Rechn. 4		5	23
Cand. Devantier, wiss. Hülfslehrer.	VI A						A Dtsch. 2 A Lat. 10		11	23 † 1 Insp.
Meier, Zeichenlehrer.		Zeichnen 2			Zeichn. 2	Zeichn. 2 Schreib. 3	Zeichn. 2 Schreib. 3		11	25
K. Hahn, Elementarlehrer.	Vors. I							I. 23 B 3		26
A. Rutzen, Elementarlehrer.	Vors. II							I u. II. 2 II. 24.		26

III. Vertheilung der Lehrgegenstände nach den Classen.

	Vorschule:		Gymnasium:						Realschule:			
	II.	I.	VI.	V.	IV.	III.	II.	I.	IVa.b.	IIIa.b.	II.	I.
Religion	3	3	3	3	2	2	2	3	2	2	2	2
Deutsch	7–9	9	2	2	2	2	2	3	3	2	3	3
Latein	—	—	10	10	10	10	10	8	5	5	4	3
Französisch	—	—	—	—	2	3	2	2	6	4	4	4
Griechisch	—	—	—	—	6	6	6	6	—	—	—	—
Englisch	—	—	—	—	—	—	(2)	(2)	—	4	3	3
Hebräisch	—	—	—	—	—	—	(2)	(2)	—	--	—	—
Geographie	—	2	3	2	1	1	—	—	2	2	1	1
Geschichte	—	—	—	—	2	2	3	3	2	2	2	2
Naturwissenschaft	—	—	—	2	—	—	1	2	2	2	6	6
Rechnen	4—5	5	4	3	} 3	—	—	—	2	2	1	1
Mathematik	—	—	—	—		4	4	3	4	4	4	4
Schreiben	4	4	3	3	—	—	—	—	2	—	—	—
Zeichnen	--	—	2	2	2	2	(2)		2	2	2	3
Singen	(2)		2	2 (1)	(2)		(2)		(2)		(2)	
Wöchentl. Summa	20—24	25	29	31—32	32	32+2	32+2	32+2	34	34	32+2	32+2

IV. Lehrpensa.

1. Vorschule. dreijähriger Cursus.

II. Klasse, 2. Abtheilung; 20 Stunden. *Lehrer Rutzen.*

Religion 3 St. Ausgewählte bibl. Geschichten; Liederverse, Sprüche, Gebete, Gebot I—IV. — Deutsch 7 St. Leseunterricht nach der Schreiblesemethode. — Rechnen 4 St. Zahlen 1—100, darunter 1—20 allseitig behandelt. — Schreiben 4 St. Deutsche Currentschrift.

II. Klasse, 1. Abtheilung; 24 Stunden. *Derselbe.*

Religion: 3 St. mit 2 combiniert. — Deutsch 7 St. Leseübungen, wiedererzählen, kleine Gedichte gelernt. (Dazu 3 St. orthogr. Uebungen. *L. Hahn*). — Rechnen 5 St. Die 4 Species im Zahlenraume von 1—100. — Schreiben 4 St.

I. Klasse 25 Stunden. *Lehrer Hahn.*

Religion 3 St. Alttest. Erzählungen bis Moses, Festgeschichten, 1. Hauptstück; Sprüche und Lieder. — Deutsch 9—10 St. Der einfache Satz, Redetheile, insbes. Verhältniswörter; orthographische Uebungen. — Rechnen 5 St. Die Species im unbegrenzten Zahlenraum; resolvieren, reducieren, addieren mit benannten Zahlen. — Geogr. Vorbegriffe 2 (1) St. Pommern, Erdtheile, Hauptmeere. — Schreiben 4 St. Sätze in deutscher und lateinischer Schrift.

Ausserdem I und II comb. Gesang nach dem Gehör 2 St. *L. Rutzen.*

2. Gymnasium. Neunjähriger Cursus.

Sexta: 29 wöchentl. Stunden. Cursus einjährig. Coet. A. *Cand. Devantier.*
Coetus B. *Cantor Schwartz.*

Religion: Alttest. Gesch. bis Daniel. — Deutsch: Lesen, Erlernen von Gedichten, Nacherzählen kleiner Geschichten, bes. auch der klass. Sagen; alle 14 Tage ein Dictat, orthogr. Ueb.; Redetheile, die einfachsten syntactischen Verhältnisse: Subj. Präd., Obj. und nähere Bestimmungen. — Latein: Coet. A. Elementarbuch § 1—68. Coet. B. § 1—100. (In A. war der gramm. Cursus halbjährig.) Declin., regelm. Conjug., Pronom. ohne das Relativum, Comparation, Cardinal- u. Ordinalzahlen. Coet. B. repetierte im Winter und nahm die gebräuchlichsten unregelmässigen Verba hinzu. — Rechnen: Die vier Species mit benannten Zahlen nach Hentschels Aufgaben. Im Winter Repetition und Anfang der Bruchrechnung. — Geographie: Gestalt und Eintheilung der

Erdoberfläche im Allgem.; Asien, Afrika, Amerika und Australien. Uebersicht von Europa nach Seydlitz (kleinere Ausgabe) in jedem Semester.

Quinta: 31 wöchentl. Stunden. Cursus einjährig. *Cand. Neumann.*

Religion: Biblische Geschichte des N. T, Erkl. der leichteren Sonntagsevangelien. Memoriren des 2. Hptsts. Kirchenlieder. — Deutsch: Orthogr. Ueb., Erzählung klass. und vaterländ. Sagen, Declam. von Gedichten. — Latein: Einübung der unregelm. Verba, der Deponentia und Verba anomala; Repetition des früher erlernten; Lectüre aus Schmidts Elementarbuch § 11—25 mit Auswahl; wöch. ein Exerc. oder Ext. — Französisch: Plötz I, 1—40. — Rechnen: Die vier Species mit Brüchen; leichtere Regeldetri-Exempel. — Geographie: Polit. Geogr. der 5 Welttheile. — Naturkunde: Allgem. Einleitung in die Zoologie, Säugethiere, Vögel.

Quarta: 32 Stunden. Cursus einjährig. *Cand. Wollenburg.*

Religion: Apostelgesch. Erkl. des 2. Hptst. Erlernen der drei letzten Hauptstücke. Kirchenlieder. — Deutsch: Orthogr. Uebungen, kurze Aufsätze. Erkl. von Gedichten. Declamation. Satz- und Interpunctionslehre. — Latein: Nepos: (4 St.), Milt., Them., Arist., Paus., Cim., Lys., Alcib., Thrasyb., Epam. Gramm. Berger § 108—182. Wöch. ein Exerc. oder Ext. (4 St.) Siebelis Tiroc. poet. Fabeln aus Phaedrus, leichtere Stellen aus Ovid (2 St.) — Französisch: Plötz I, Lection 40—73. — Griechisch: Gramm. § 1—301 mit Auswahl. Lect. nach Gottschick. Vocabellernen nach Todt. Exerc. und Ext. Mathematik und Rechnen: Decimalbrüche, Proportionen, Buchstabenrechnung. Anfänge der Planimetrie nach Cambly. — Geschichte und Geographie: Griechische oder römische Geschichte. Europa mit bes. Berücksichtigung der nichtdeutschen Länder. — Zeichnen: Nach Vorlagen und nach Modellen.

Tertia: 32 Stunden. Cursus zweijährig. Coet. B. *Oberlehrer Steinbrück.*

Religion: Comb. mit Coet. A. — Deutsch: Gedichte nach Echterm. besprochen u. gelernt, Vorträge, Aufsätze. Gramm. im Anschluss. — Latein: Gramm. Berger § 181—275 mit Ausw., § 342—345, Repetition des Quartanerpens. Cäsar B. G. I—IV incl. 2 St. Ovid. Metamorph. I—III, VIII, XI mit Auswahl, metr. Uebungen. Wöch. Exerc. oder Ext., mündl. Uebersetzungen aus Süpfle. — Griechisch: Gramm. nach Curtius § 296—320. Lectüre nach Gottschick. Exerc. u. Ext. Repetit. des Quartanerpens. — Französisch: Plötz I zu Ende. Exerc. u. Ext. — Mathematik: Gleichungen des ersten Grades, Theorie der relativ. Zahlen und der Potenzen. Planimetrie nach Kambly — § 128. — Geschichte und Geographie wie Tertia A.

Coet. A. *Dr. Fiedler.*

Religion: Gesch. des A. T. Kirchenlieder. — Deutsch: Gedichte, bes. von Schiller und Uhland, besprochen und gelernt. Declamierübungen, Aufsätze. — Latein: 8 St. Gramm. wie B. mit erweiterter Auswahl; Ext. u. Exerc. zu Hause u. in d. Klasse; Stilüb. nach Süpfle; Lectüre: Q. Curtius IV. V. VI. *Dr. Fiedler.* 2 St. Ovid: Ausgewählte Stellen aus dem III. IV. V. VI. Buch der Metamorphosen. Metrische Uebungen. *Dr. Reichenbach.* — Griechisch: Repetitionen, die unregelmässigen Verba, gelegentlich einzelnes aus der Syntax und von den Praepositionen. Lectüre: Xenoph. Anab. I. II. III. — Französisch: Plötz II. 1—28. Lectüre: Chrestomathie. Ext. — Mathematik: S. Gleichungen ersten Grades mit einer und mehr. unbekannten, Potenzen, Wurzeln. W. Planimetrie bis zur Aehnlichkeitslehre. — Geschichte: Brandenb.-preuss. Geschichte von Anfang bis 1866. Repetitionen aus der deutschen Geschichte. — Geographie: Deutschland mit angrenzenden Ländern physikalisch (mit Skizzenzeichnungen) und politisch.

Secunda: 32 (34) Stunden. Cursus zweijährig. *Dr. Winckler.*

Religion: Apostelgeschichte im Urtext; Einführung in die Briefe des N. T. bes. Corintherbriefe, Galaterbriefe, Brief Jacobi. — Deutsch: Mhd. Gramm., Nibelungen Thl. I, Gudrun im Auszuge, Otto mit dem Barte, Declamierüb. und freie Vorträge. Aufsätze*) und einige Ext. in d. mhd. Formlehre. Latein: 10 St. Gramm. § 205—365. Stilistik § 1—5. Liv. XXI. XXII. — privatim Caes. B. Gall. II—VI, zugleich als Stoff zu Sprechübungen. Virg. Aen. I u. II, Ecl. I,

---

*) Deutsche Aufs. in Secunda: 1. Meer und Wüste, ein Vergleich. 2. Charakteristik einiger Personen aus Wallensteins Lager. 3. Isolani und Buttler. 4. Beschreibung der Turnfahrt. 5. Metrische Aufgabe. 6. Das rettende Lied von Bässler (Inhaltsangabe und Vergleich mit der Quelle). 7. Die gelinde Kraft ist gross (Chrie). 8. Charakteristik des Wate in der Gudrun. 9. Nimmt Schiller mit Recht für Tell gegen Joh. Parricida Partei? 10. Metrische Aufgabe. 11. Inhalt und Bedeutung des Gedichts: „Der Tod des Tiberius" von Geibel. 12. Probeaufsatz.

II, IV, V, IX. Georg. I, 1—70, II, 458—542; IV, 67—90; 315—566. Metr. Ueb. Wöch. Ext. oder Exerc. Aufs. d. älteren*). — Griechisch: Syntax nach Curtius (mit Auswahl). Hom. Od. X, XI, XIV—XVII; priv. XII u. XIII. Xenophons Mem. II, c. 1. 7. 9; III, 5. Herod. VII. Alle 14 Tage ein Exerc. od. Ext. — Hebräisch: Elem. d. Formenlehre. Lectüre der zugehör. Abschnitte aus Brückners Lesebuch. — Französisch: Plötz, II. Cursus Abschn. 3—7; 14täg. Ext. Thiers, Bonaparte en Egypte. — Mathematik und Physik: Gleichungen des ersten Grades mit mehreren Unbekannten, quadratische Gleichungen, Logarithmen; Beendigung der Planimetrie, Anfänge der Trigonometrie; Beendigung der Optik, darauf Electricität und Magnetismus, Wärmelehre. — Geschichte: Römische Gesch. bis 476. Wiederholungen aus d. deutsch. u. griech. Aussereuropäische Geogr.

Prima: 32 (34) Stunden. Cursus zweijährig. *Prof. Dr. Girschner.*
Religion: Glaubens- und Sittenlehre mit Lesung zusammenhäng. Abschn. der H. Schrift; Galaterbrief; Repetitionen. — Deutsch: Literaturgeschichte, Poëtik und Metrik, formale Logik, Aufsätze**). — Latein: 8 St. Cic. de orat. I, orat. Phil. II; cursorisch: Liv. VII; privat.: Quintil X, Sall. Jugurtha; Vorträge, Sprechübungen, Extemp., Aufsätze***). *Dr. Meffert.* 2 St. Horat. Carm. I. II. Epodd. Satt. in Auswahl. *Dr. Winckler.* — Griechisch: Ilias I—XII. Plat. Phaedon; Demosthenes Olynth. I—III. Phil. III. Repet. aus der Grammatik, Extemp. u. Exerc. — Hebräisch; Lectüre ausgew. Capp. aus d. Genesis, Ruth, I Sam. c. 1—3, Psalm 3—9, I Sam. c. 8 —14, Exod. 18—20, Ps. 10—25; grammat. Repet. bei Gelegenheit der Lectüre. — Französisch: Capefigue Charlemagne 1—70, Racine Britannicus, Extemp. u. grammat. Wiederholungen. — Mathematik und Physik: Stereometrie, Trigonometrie, Reihen, Combinationslehre, binom. Lehrsatz, wöchentliche Extemp.; Beendigung der Optik, darauf Mechanik. — Geschichte: Mittelalter und neuere Zeit von 113 a. C. bis 1517. Wiederholung der alten Geschichte.

Englischer Unterricht
facultativ für Nichthebräer in 2 Abtheilungen mit je 2 Stunden. B. Fölsing I nebst Uebungsstücken 1. u. 2. Folge. A. Washington Irving Sketch Book, schriftl. Uebungen u. Wiederholungen.

3. Realschule. Siebenjähriger Cursus.

Quarta: 34 Stunden. Cursus einjährig. *GL. Schieferdecker.*
Religion; Die Apostelgeschichte, Erkl. des zweiten Hauptstücks, Memoriren der drei letzten, Kirchenlieder. S. *Schieferdecker*, W. *Wollenburg*. — Deutsch: Poetische und pros. Stücke gelesen und erklärt, Aufsätze. Declamation. S. *Wollenburg*, W. *Lubarsch*. — Latein: Wellers

---

*) Lat. Aufs. in Secunda: 1. Res Catilinae Sallustio et Cicerone auctoribus enarrentur. 2. Secundum Punicum bellum omnium, quae unquam a Romanis gesta sunt, maxime memorabile esse, pluribus demonstretur. 3. Eine längere Stelle aus Schillers dreissigjährigem Kriege frei zu übersetzen. 4. Fortes fortuna adiuvat. 5. In maximis animis splendidissimisque ingeniis plerumque existunt honoris, imperii, potentiae, gloriae cupiditates. 6. Pompejus Magnus, Caesar major, Fabius Maximus. 7. Marius et Sulla vita et moribus comparantur.

**) Deutsche Aufs. in Prima: 1. Die bedeutende Ueberlegenheit Europas über die anderen Erdtheile. 2. Epaminondas und Gustav Adolt, eine historische Parallele 3. Welches ist die stärkere Waffe für den Menschen, das Schwert, die Zunge oder die Feder. 4. Philipp von Macedonien und Napoleon I. 5. Grundzüge des röm. Charakters. 6. Man nimmt so gern Partei in der Geschichte, für wen nehme ich sie in den punischen Kriegen? 7. Metrische Uebung in Distichen. 8. Warum verdient Klopstock eine Stelle unter den grossen Dichtern unserer Nation? (Ramler-Aufsatz). 9. Welche Umstände begünstigten Friedrich d. Gr. während des 7jähr. Krieges? 10. Der Krieg als Freund und als Feind der Künste. 11. Wolthätige Folgen der Kreuzzüge.

***) Lat. Aufs. in Prima: 1. a. Quid virtus et quid sapientia possit — Utile proposuit nobis exemplar Ulixen. b. Vita Cic. usque ad ejus exilium enarratur. 2. a. Contentiones inter patricios et plebejos in republ. rom. quas habuerint causas quemque eventum. b. Vitae Cic. altera pars. 3. a. Illud Horatii: „Aequam memento rebus in arduis servare mentem" nullum unquam populum praeclarius ro comprobasse quam Romanos (in der Classe). b. Antiquitus optimo cuique solebat accidere, ut in exilium mitteretur (in der Classe). 4. a. Quid judicandum sit de eo quod Hor. dicit, vitae summam brevem nos vetare spem inchoare longam. b. Graeci quae bella cum Persis ad vindicandum libertatem gesserint. 5. Cicero quae in primo de orat. libro Crassum disputantem fecerit de eo, quem perfectum oratorem omnibusque numeris absolutum esse judicet. 6. Graecos et Romanos nihil carius habuisse quam patriam (in der Classe). 7. a. Horatius cur angustam pauperiem pueros pati jubeat. b. Verum esse illud Solonis: ante obitum neminem esse beatum. et rationibus et exemplis demonstratur. 8. Cicero quae potissimum crimina secunda oratione Philippica in Antonium contulerit. 9. Quid causae sit, cur veteres Graecos et Romanos tantopere admiremur (in der Classe). 10. Pelopidas et Thrasybulus inter se comparantur.

Herod. XV bis zu Ende, ferner VI u. VII. Das Wichtigste aus der Casuslehre nach Berger. — Französisch: Plötz I, 41—88. Die Lesestücke übersetzt und theilweise gelernt. — Rechnen und Mathematik: Proportionen, Regeldetri, Kettenrechnung, Decimalbrüche; Buchstabenrechnung, Potenzen, Wurzeln; Planimetrie bis zur Congruenz einschliesslich. — Naturkunde: Botanik; Beschreibung des Menschen, Wirbelthiere. — Geographie und Geschichte: Südeuropa, Frankreich, England; S. griechische Geschichte bis Alexander (incl.), W. römische bis Augustus (incl.). — Schreiben: 2 St.

Tertia B: (32 St.) Cursus einjährig. *GL. Dr. Reichenbach.*

Religion: Evangel. Lucae. Reformationsgeschichte. Erkl. des 4. u. 5. Hptst. Kirchenlieder. 2 St. — Deutsch: Lehre von den Conjunctionen und den untergeordneten Sätzen, Bildung v. Sätzen Declam. u. Erkl. von Gedichten. Vorträge. Alle 3 Wochen ein Aufsatz. 3 St. — Latein: Grammat. Repetit. der irr. Verba nnd des Quartanerpensums. Erweiterung der Syntax. Nom. u. Accus. c. Infin. Participium. Gerundium u. Gerundiv. 14täg. Extemp. Lectüre: Cornel.: Iphicrates, Chabrias, Timoth., Datam., Pelop., Hamilcar, Hannibal, Cato, de Regibus, Phocion u. Timoleon. 6 St. — Französisch: Plötz II, lect. 1—23. Einüb. der irr. Verben. Wöch. Extemp. u. Exerc. abwechselnd. Lect.: Michaud I croisade, c. I—V incl. 4 St. — Englisch: Fölsing, Gramm. 1. u. 2. Folge der Uebungsst. Vocabeln nach Dalen. Alle 14 Tage ein Extemporale. 4 St. — Mathematik: Sommer: Constructions-Aufgaben aus der Lehre von den Dreiecken, Parallelogrammen, Vielecken und der Vergleichung des Flächeninhalts. Gleichungen des ersten Grades mit einer und mehrerer unbekannten Zahlen. Winter: Planimetrie bis zu Ende der Aehnlichkeit, Rectific. u. Quadratur des Kreises. 4 St. — Rechnen: Zusammengesetzte Regeldetri, Zins-, Disconto-, Tara-, Rabatt-, Ketten-, Gesellschafts- u. Mischungs-Rechnung. S. *Lubarsch.* W. *Jancke.* — Naturkunde: Mineralogie (Krystallogr., Oryktogn. und einige Capitel aus der Geologie) Wirbellose Thiere mit specieller Berücksichtigung der Insekten. — Geschichte: Deutsche von Anfang bis zum Westphäl. Frieden. 2 St. — Geographie: Deutschl. und die angrenzenden Länder.

Tertia A: 32 (34) St. Cursus einjährig. *Oberl. Jacob.*

Religion: Bergpredigt und ausgew. Abschnitte des Ev. Lucae. Reformationsgeschichte. Repetition des Katech. Sprüche. Kirchenlieder. — Deutsch: Interpunctionslehre. Der zusammengesetzte Satz. Aufsätze. Freie Vorträge und Declamationen. — Latein: Tempus- und Moduslehre, indirecte Rede; Repetition der Casuslehre. Wellers Livius XV—XIX, IX u. X. Classen-Exerc. u. Ext. — Französisch: Plötz II, 24—45; repet. Lect. 1—23. Charles XII, VI—VIII, I u. II. Exerc. u. Ext. — Englisch: Scott, Tales of a Grandfather. Einige Capitel der Syntax. Repetition der Formenlehre. Vocabeln nach Dalen. Extemp. — Rechnen: Rabatt-, Disconto-, Gesellschafts-, Mischungs-, Gold- u. Silberrechnung. Gewinn- und Verlust-, Spesen- und Ketten-Rechnung. — Mathematik: S. Gleichungen des 1. Grades; geometr. Aufgaben. W. Planimetrie bis Ende der Aehnlichkeit, Rectification u. Quadratur des Kreises. Algebr. Constructionsaufgaben. — Naturkunde wie III B. — Geographie: S. Schweiz, Holland, Belgien, Preussen. W. Süddeutschland und Oesterreich. — Geschichte: Brandenburg-preuss. Geschichte; repetiert alte Geschichte und deutsche bis 1648.

Secunda: 32 (34) Stunden. Cursus zweijährig. *Oberl. Dr. Meffert.*

Religion: Apostelgeschichte und Paul. Briefe, bes. 1. Cor.; Wiederholung der Lieder. — Deutsch: Die Hauptdichtungsarten, Nibelungenlied nach Simrock, Stücke aus Homer nach Voss, freie Vorträge, Declamationen, Dispositionsübungen, Aufsätze*). — Latein: Ovid nach Horstig, Caes. B. G. I u. II. Syntax. — Französisch: Plötz II, 46 bis zu Ende. Paganel, Frédéric le Grand bis c. 9 incl., Retroversionen, Sprechübungen. — Englisch: Syntax, Wiederholung

---

*) Them. d. Aufs. in Realsecunda: 1. Welche Vortheile haben seefahrende Völker vor andern voraus? 2. Folgen der Erfindung des Schiesspulvers. 3 Characteristik des Alten in Salas y Gomez. 4. Worauf gründet sich die Liebe zum Vaterlande. 5. „Wie Liebe oft mit Leide lohnt", aus der Geschichte der Kriemhild nachzuweisen. 6. Worauf beruht unser Interesse an den Ruinen alter Ritterburgen. 7. Das Gesetz ist der Freund des Schwachen. (in der Klasse) 8. Welchen Nutzen gewähren die Eisenbahnen? 9. Gedenke des Sturmes bei heiterer Zeit. 10. Die Schifffahrt ein Bild des menschlichen Lebens. 11. Rüdiger von Bechlaren. 12. In deiner Brust sind deines Schicksals Sterne. 13. Wat Tyler, Uebersetzung a. d. Englischen. 14. Mit welchem Rechte nennt Homer das Meer das unfruchtbare? (in der Klasse) 15. Hectors Abschied von Andromache und sein Tod.

von Vocabeln nach Dalen. Schütz, Characterbilder aus d. engl. Geschichte. Sprechübungen. — Rechnen: Zinseszins- und Rentenrechnung und Beispiele aus früheren Pensen. — Mathematik: Potenzen, Logarithmen, Trigonometrie geometr. Aufgaben, trigonometr. Lösung quadratischer Gleichungen. — Naturkunde: Allgemeine Zoologie, insbes. Amphibien und Fische, Mineralogie. — Physik: Wärmelehre, Akustik, Optik. — Chemie: Einleitung in die Chemie, Metalloïde, Wasserstoff- und Sauerstoffsäure, stöchiometr. Aufgaben. — Geographie: Amerika, Australien, Wiederholung der übrigen Erdtheile. — Geschichte: Griechische u. röm. Geschichte, Wiederholung der brandenburg-preussischen, englischen und französischen Geschichte.

Prima: 32 (34) Stunden. Cursus zweijährig. *Der Director.*

Religion: Glaubens- und Sittenlehre. Lectüre des Galaterbriefs. — Deutsch: Literaturgeschichte bis Klopstock. Lectüre von Lessings Laocoon. Disponierübungen, Aufsätze*); freie Vorträge, Declamation. — Latein: Livius l. XXI—XXII. — Französisch: Corneille, Le Cid; Souvestre, un philosophe sous les toits. Abschnitte aus Schütz: Les grands faits de l'histoire de France priv. gelesen und zu Vorträgen benutzt. Grammat. Repetitionen, Ext., Exerc., Aufsätze**). Der Unterricht wird meist in französischer Sprache ertheilt. — Englisch: Dickens, A Christmas Carol. Shakspere, Richard II. Repetitionen, Exerc., Extemp., Aufsätze***), Vorträge u. Sprechübungen im Anschluss an Macaulay Hist. of England. — Rechnen: Repetitionen, trigonometrische Aufklärung der quadratischen Gleichungen. — Mathematik: Analyt. Geometrie der Ebene und des Raums, Kegelschnitte, mathem. Geographie. — Physik: Statik, Fall, Wurf, Pendel, Optik, Wärmelehre. — Chemie: Ausgew. Abschn. a. d. organ. Chemie; Stöchiometrie. — Geographie u. Geschichte: Gesch. d. Mittelalters — 1517. Repetitionen der engl. u. franzos. Gesch. 1 St. Geographische Wiederholungen.

*) Deutsche Aufs. in Realprima: 1. Charakteristik Elisabeths nach Schillers Maria Stuart. 2. Welche Umstände beförderten das Aufblühen der deutschen Poesie zur Zeit der Kreuzzüge. 3. Die verklärende Macht des Todes im Anschluss an zwei Stellen in Schillers Braut von Messina: Ein mächtiger Vermittler ist der Tod etc. und: Der Tod hat eine reinigende Kraft etc. 4. Die Localitäten in Göthes Hermann und Dorothea. 5. Ut adolescentes in quo senile aliquid, sic senem in quo adolescentis est aliquid laudamus (Cic. Cato major). 6. Wie ehrt man das Andenken der Männer, die sich um die Nachwelt verdient gemacht haben, am würdigsten. 7. Warum setzen wir in der Geschichte den Beginn der neueren Zeit in den Anfang des 16. Jahrhunderts? 8. Warum ist die Arbeit ein Segen für den Menschen. 9. Die Treue ein Grundzug deutscher Dichtung. 10. Entzwei' und gebiete! — Tüchtig Wort. Verein' und leite! — Bessrer Hort. (Göthe). 11. In welchem Sinne stellt Schiller im Eleusischen Feste die menschliche Freiheit zwischen die thierische und die göttliche? oder: Die Schlacht bei Marathon und die Schlacht bei Tours, in ihrer geschichtlichen Bedeutung mit einander verglichen. 12. Abituriententhema (In welcher Hinsicht ist die Hohenstaufenzeit eine Glanzzeit deutscher Geschichte?)

**) Französ. Aufs. in Realprima: 1 u. 2. Androclès. 3. Vie de Napoléon jusqu'en 1798. 3. Bonaparte en Egypte (d'après Thiers). 5. Narration faite sur le poëme de Bürger intitulé: Le brave homme. 6. Sujet du cid, tragédie par Corneille. 7. Passage des Alpes par Annibal. 8. La famille Tamm dans le poème: Le soixante-dixième anniversaire de naissance, par Voss. 9. Les événements principaux du règne d'Elisabeth, reine d'Angleterre. 10. La première guerre de Silésie. 11. Klassenarbeit.

***) Engl. Aufs. in Realprima: 1. The war of the Roses. 2. Napoleon after the battle of Leipzig. 3. Outline of the first two acts of Shakspere's Richard II. 3. The reign of Clovis. 5. Shakspere's Richard II. Part II. 6. On the causes and events of the first crusade. 7. The contest between Henry IV and pope Gregory VII. 8. On the services Marius has rendered to his country. 9. Many examples of history prove that the welfare and even the existence of states have often depended on one man. 10. Some sketches taken from A Christmas Carol by Dickens. (In d. Kl.)

Der Zeichenunterricht wurde vom *Zeichenlehrer Meier* in folgender Weise ertheilt: Sexta: Gerade und krumme Linien. Verschiedenartige Linienverbindungen. — Quinta: Zeichnen nach Holzmodellen. Copieren leichter Vorlagen (Landschaften, Blumen). — Quarta r.: Zeichnen nach Holzmodellen mit Angabe der Schatten. Copieren von Köpfen mit und ohne Schatten. — Tertia B. r.: Arabeskenzeichnen bis zur Anwendung von 2 Kreiden. — Secunda r.: Projectionslehre. Schattenlehre. Perspective. — Prima r.: II. Abth. Beschreibende Geometrie. I. Abth. Situationszeichnen, Axonometrische Projection. Perspective und Schattenlehre. — Quarta g.: S. Quarta r. — Obere Gymnasialclassen: Landschaftzeichnen. Zeichnen von Köpfen und Arabesken nach Vorlagen und Gyps.

Den Gesangunterricht ertheilte *Cantor Schwartz* wie bisher, d. h. in VI 2 St., in V 1 St.; von IV bis I besteht ein gemischter Chor, an dem auch die besseren Sänger von V theilnehmen — und zwar in 1 St. alle 4 Stimmen, in einer 2ten Discant und Alt, in der 3ten Bass und Tenor. Zu Grunde gelegt wurde die Motettensammlung von Kuntze.

Die Turnübungen, bei welchen die Gymnasiasten und Realschüler vereinigt sind, finden unter Leitung des *Dr. Fiedler* im Sommer an zwei Nachmittagen von 3—6 Uhr in der Maikuhle statt; jede Abtheilung der Schüler turnt wöchentlich 2 Stunden. — Im Winter wurden die Uebungen wegen Mangel eines passenden Locals auf die Vorturner beschränkt.

E. Statistik der Schüler.

Schuljahr 1869—1870.	Gymnasium.						Summe.	Realschule.					Summe.	V.-r-schule.		Summe.	Gesammt-Summe.
	L.	II.	III. a u.b.	IV.	V.	VI.		I.	II.	IIIa.	IIIb.	IV.		I.	II.		
Bei Schluss des vorj. Programms	21	26	39	34	52	60	232	4	21	27	29	31	112	41	63	104	448
Gesammtfrequenz im S. 1869	24	26	44	39	51	73	257	9	24	24	26	34	119	44	49	93	469
Gesammtfrequenz im W. 18⁶⁹⁄₇₀	21	24	50	37	54	59	245	9	22	29	25	29	114	50	43	93	452
Bestand b. Schluss d. Programms	21	23	49	37	50	56	236	8	21	29	21	27	106	50	43	93	435
Davon Einheimische	7	8	24	11	29	42	121	4	11	14	14	10	53	42	41	83	257
Auswärtige	14	15	25	26	21	14	115	4	10	15	7	17	53	8	2	10	178

Die Namen der gegenwärtigen sowie der im letzten Jahre abgegangenen Schüler des Gymnasiums und der Realschule sind folgende*):

I. Gymnasium.

Prima:
Karl Griep—Peterfitz.
Otto Prahl—Alt-Körtnitz.
Emil Sielaff.
Johannes Jungfer.
Otto Klamroth—Fritzow.
Paul Lamz—Lottin.
Gustav Block—Schivelbein.
Th. Schmiele—Schivelbein.
Franz Robe.
Wilhelm Imgart.
Paul Simon—Belgard.
*Ferd. Schultz—Schivelbein.
Herm. Busch—Bullenwinkel.
Herm. Plänsdorf—Rarfin.
Karl Hasenjäger—Bulgrin.
Felix Behrend.
Robert Lensch.
August Dietz—Dravehn.
Herm. Eckert—Falkenburg.
Paul Haenisch.
Frdr. v. Kleist—Wd. Tychow.
—21.

Abgegangen:
Ferd. Strehlow ⎫ m. Zeugnis
Franz Krockow ⎭ d. Reife.
Oscar Pröst.
Ernst Machert. —25.

Secunda:
Fritz Bauck, Jagertow b. Polz.
Franz Janke.
Wilhelm Richter.
Frz. Schmückert—Alt-Borck.
Friedr. Palm—Freienwalde.
Karl Klemz—Drenow b. Belg.

Paulus Lohoff—Zarben.

II. Abtheilung:
Franz Plänsdorf—Rarfin.
*Friedrich Bentz.
Osk. Heydemann—Stargard.
Richard Rehbein—Polzin.
Martin Plüddemann.
Karl Metzel—Stargard.
Rich. Tessmar—Hohenwalde.
Fritz Gescke.
Max Hering.
Eugen Zietlow—Klaptow.
Hans v. Kleist—Wd.-Tychow.
Gustav Kuhn.
Jac. Heinrichsdorff, Gr.-Jestin.
Franz Deetz—Belgard.
Franz Pollnow—Labes.
Louis Balthasar. —23.

Abgegangen:
Herm. Virchow—Schivelbein.
Walter Luckwald—Cöslin.
Franz Pieper—Carwitz. —26.

Tertia Coet. A.
August Tessmer—Nehmer.
Franz Dittmar.
Hans Rumland.
Albert Schroeder—Labes.
Paul Jancke.
Georg Sachtler—Cörlin.
Rudolf Salzwedel.
Karl Bastian—Schlawe.
*John Nier.
Paul Haken.
Fritz Engelbrecht—Rekow.
Karl Bernhardi—Staudemin.

Heinrich Heise—Cörlin.
Oscar Kobow.
Aug. Buchterkirch—Schivelb.
Erich Lazarus.
Moritz Moses.
Karl Wolf—Schivelbein.
Severus Heyse.
Herm. Klein—Cörlin. —20.

Abgegangen:
Albr. Proemmel—Silligsdorf.
Otto Kressin—Alt-Borck.
Arnold Wernicke. —23.

Coetus B.:
Ernst Maass.
Max Wallies—Cöslin.
*Paul Hasenjäger—Bulgrin.
Max Bastian—Schlawe.
Karl Ponath—Nemmin.
Wilhelm Falk—Labes.
Otto Haken.
Hermann Friedländer.
Paul Howe.
Richard Poelchen.
Paul Tessmer. †
Paul Munkel.
Fritz Buchterkirch—Schivelb.
August Baudach.
Paul Proemmel—Silligsdorf.
Alfred Brüstlein—Karkow.
Johannes Goltz.
Paul Windolff—Reselkow.
Rudolf Busch.
Ernst Lesser.
Paul Gottschalk—Schivelb.
Gottwalt Kuhse.

*Alfr. v. Joeden—Grumsdorf.
Paul Schmidt—Schmarsow.
Otto Dehnel—Schivelbein.
Georg Fischer—Cörlin.
Ernst Mühlenbruch, Putzernin.
Ernst Marong.
Gustav Beyer. —29.

Quarta:
Julius Reinke —Garrin.
Paul Knaak—Sellnow.
Richard Fiebelkorn.
*Gustav Jahn—Schivelbein.
Paul Baehr—Cörlin.
*Max Bauck—Jagertow.
Alfred Krüger—Pumlow.
Mart. Prömmel—Silligsdorf.
Paul Gescke.
Bernhard Kuhse.
Wilh. Schmeling—Klötzin.
Mgn. Mühlenbruch, Putzernin.
*Rudolf Kuhnert.
Ernst Steinkrauss—Nehmer.
Emil Fiedler —Cöslin.
Otto Schilling.
Walther Busch.
Friedrich Krüger—Ristow.
Karl Nobbe—Alt-Libbehne.
Herm. Kummerow—Zwilipp.
Heinrich Meyer —Cörlin.
Emil Lübcke—Klebow.
Karl Bénoit—Völzkow.
Alfred Kayser.
Ernst Braun—Beustrin.
Franz Wenzel—Alt-Borck.
Alex. Rosenstedt, Papenhagen.

*) Der Ortsname bez. den Wohnort der Eltern Auswärtiger; die mit Sternchen bezeichn. sind neu aufgenommen.

Richard Putzig—Gr.-Jestin.
Gustav Hoppe—Panmin.
Georg Rosenstedt, Papenhag.
Georg Munkel—Zuchen.
Georg Villnow.
Robert Jahreis.
*Friedr. Schröder—Rützow.
Albert Salomon-Cörlin.
Carl Hering.
Gustav Michaelis.   —37.
Quinta:
August Eschenbach.
Richard Klotz.
Hermann Brasch—Zwilipp.
Karl Müller.
Hermann Hasse—Grössin.
*Otto Leitzow—Labes.
Karl Hellwig.
Max Abendroth—Stadtwald.
Max Haenisch.
Otto Fechtner—Sellnow.
Otto Heyse.
Georg v. Lepell.
Johannes Briese —Berlin.
Theodor Pagel—Garrin.
Egbert Staabs.
*Leopold Bentz.
*Johan. Klamroth—Fritzow.
Otto Wenzel—Nehmer.
Gustav Lüttke.
*Erich v. Loeper, Kl.-Rambin.
Fritz Männling.
Hellm. Hackert—Schivelbein.
Karl Gabbe.
Karl v. Busse.

Albert Vahl—Stöckow.
Karl Haken.
Herm. Firzlaff—Bodenhagen.
*Paul Pickel.
Albert Kley—Schivelbein.
Karl Meyer— Cörlin.
August Behling—Nehmer.
Gust. Griebe—Henkenhagen.
Franz Dietz—Drawehn.
Walter v. Mach.
Max Gescke.
Emil Mengel—Trienke.
Max Cohn—Exin.
Ernst Pagel.
Otto Nösske.
*Theophil Rediess—Charlot-
tenhoff.
Johannes Linke.
*Albert Baatz—Lewezow.
Ernst Steinbach.
Johannes Meusch.
Paul Kühnemann.
Hellmuth Stark.
Joh. Stephani—Wartenberg.
Ernst Splettstösser.
Albert Kuhr.
Karl Strey.   —50.
Abgegangen:
Emil Moldenhauer.
Oscar Moek.
Leo Tschinkel.
Richard Lange.
Karl Moewes.
*Albert Ernst.
*Franz Gräber.   —57.

Sexta Coetus A.:
*Bernhard Witt.
Gustav Wachs.
*Emil Ziegelitz.
*Georg Busch.
Eugen Hartung—Cörlin.
Oscar Hoffmann.
Richard Hering.
*Adolf Moses —Degow.
*Georg Bodenstein.
Paul Wilde.
Max Behrend.
Conrad Bahr.
*Oscar Anwandter—Valdivia.
*Eug. Ernst—Swinemünde.
*Emil Jacobus—Schivelbein.
Hermann Lucanus.
*Johannes Villnow.
*Johannes Sielaff.
*Eduard Carow—Alt-Wurow.
*Otto Zinnemann—Schönfeld.
*Oscar Moses.
*Georg Behrend.
*Paul Mock.
Aug. Kley—Schivelbein.
*Heinrich Hartung—Cörlin.
*Ernst Moek.
*Paul Beilcke.
*Georg Vetterlein.   —23.
Coetus B.:
*Otto Stapelfeld—Kemitz.
*Günther Plüddemann.
*Karl v. Mayer.
*Gustav Marten—Degow.
*Gustav Albrecht.

*Ernst Beilfuss—Gr.-Jestin.
*Franz Baggert.
*Paul Klein—Cörlin.
*Erich Schneider.
Hermann Häusler.
*Hans Piper.
*Rudolf Krell.
*Friedrich Kuhse.
Arnold Rumbaur.
Ludwig Michaelis.
*Heinrich Richter.
*Ludwig Müller.
*Wilhelm Schneider.
*Wilhelm Jaenicke.
*Ernst Engelbrecht.
*Gustav Neumann.
*Karl Kellermann, Bullenwink.
*William Frenkel.
*Paul Diedrich.
*Heinrich Baudach.
*Ernst Pahlow.
*Paul Schulz.
*Paul Müller.   —28.
Abgegangen:
Theodor Radoll.
Theodor Wolter.
Oscar Adams.
Paul Blavier.
Hermann Gaede.
Ernst Steger.
Rudolf Adler.
Siegfried Eger.
Adolf Richter.   —68.

II. Realschule.

Prima:
Hermann Bucher.
Rudolf Wentzel.
Bernh. Ziesmer, Tempelburg.
Otto Bütow.
Paul Ehmke—Stolp.
*Eugen Blavier-Stolp.
Robert Rexilius—Belgard.
Gustav Marong.   —8.
Abgegangen:
Paul Klitzke—Bogentin. —9.
Secunda:
Franz Hellwig—Belgard.
Hugo Grünwald—Bütow.
Emil Raths.
Georg Mercker—Woltersdorf.
II. Abtheilung:
Ernst Sprondel—Cörlin.
Ernst Ziemer—Alt-Werder.
August Marten.
Max Patschkowski.
Ludwig Braun—Grössin.
*Rich. Hackert—Schivelbein.
Gustav Nösske.
Albert Sockold.
Gustav Fock.
Otto Krähenbrink.
Albert Voigt.

Max Pahnke.
Wilh. Lüdtke—Falkenburg.
Frz Mühlenbruch, Putzernin.
Richard Garchow.
Otto Rumbaur.
Ernst Händler, Belgard.—21.
Abgegangen:
Hermann Fischer.
Emil Wilcke. †
Ernst Kasischke.
Adalbert Klitzke.   —25.
Obertertia:
Karl Neujahr-Cörlin.
Max Piper.
Gustav Hackbarth.
Wilhelm Griebe—Zanow.
Paul Biegon—Alt-Damm.
Robert Regner—Stolzenberg.
Emil Kücken.
Karl Wolff.
Karl Otto.
Richard Mengel—Trienke.
Hugo Staabs.
Hermann Levinthal.
Paul Müller—Gr.-Jestin.
Max Brüstlein—Karkow.
Max Neumann—Schönfeld.
Karl Rackow—Zwilipp.

Rich. Carow—Alt-Wuhrow.
Oscar Reiche—Belgard.
Paul Kannenberg—Carwin.
Lebrecht Lewin—Rottow.
Richard Bahr.
Joh. Röker—Coprieben.
Franz Marong.
Friedrich Rumland.
Otto Wendtlandt—Belgard.
Erich Bahr.
Eduard Redslob.
Johannes Robe.
Rudolf Reppen.   —29.
Abgegangen:
Wilhelm Jacobus.
Richard Otte.
Richard Zühlsdorff.
Friedrich Kemp.   —33.
Untertertia:
Ludwig Dähnert—Warnin.
Paul Jaenicke.
August Hein.
Fritz Lietzmann—Altenkirch.
Otto Krüger.
Hans Treichel—Ramlow.
Hans Berndt—Plauentin.
Albert Moses.
Franz Rumbaur.

Hermann Pahnke.
*Georg v. Loeper,Kl.-Rambin.
Otto Diesner.
Ernst Hellwig.
Paul Collatz.
August Trümmel.
Karl Gelpke.
Franz Roehl—Stolzenberg.
*Paul Grundiess—Zuckers.
Gustav Draeger.
Richard Levinthal.
Friedrich Steinkamp.   —21.
Abgegangen:
Johannes Schmidt.
Gustav Greymann.
Emil Zuchy.
Emil Griese.
Eugen Lipski.
Otto Fritz.
Emil Radoll.
Ferdinand Schwartz.   —29.
Quarta:
Julius Holz.
Otto Lemke.
Karl Starrossom.
Albert Mallwitz-Bodenhagen.
Otto Wiegand.
*Albert Hartmann—Cörlin.

<table>
<tr><td>

Emil Lucas—Regenwalde.
Leop. Jacobus—Schivelbein.
Otto Behnke—Alt-Werder.
*Paul Ernst—Swinemünde.
*Paul Nickel—Polzin.
Rudolf Gaulke.
Rich. Kayser—Casimirsburg.

</td><td>

Louis Schultz.
Erich Wolff.
*Walter Meibauer-Konitz.
Paul Köpke—Labes.
Albert Fechtner—Sellnow.
Bernhard Krause.
Joseph Tschinkel.

</td><td>

Paul Schütz.
Julius Wulff—Stolzenberg.
Sigmund Salomon—Cörlin.
Oscar Maager—Altstadt.
Max Meyer—Cörlin.
Emil Zinnemann—Schönfeld.
Robert Warnke.   —27.

</td><td>

Abgegangen:
Ernst Wölfert.
Otto Tiegs.
Herbert Voss.
Eugen Kreich.   —31.

</td></tr>
</table>

F. Lehrmittel.

I. Die Lehrerbibliothek wurde vom Oberlehrer *Dr. Winckler* verwaltet und ist um folgende Werke vermehrt.

A. Geschenke. Vom Kgl. Ministerium: Johannes Kepler, Kertlinger Thl. I. — Vom Gymn.-Dir. Stier in Zerbst: Stier u. Wentrup, Acht Reden a. d. Schulleben. — Vom Kaufm. Baer in Chicago: Duyckinck, History of the War for the Union. 3 Voll. mit vielen Kupfern. — Von den Herren Verlegern: Hermes Jahrg. 1866. 1867. — M. Seyffert, Lat. Gramm. — Hennings, Lat. Elementarbuch. 2 Thl. — Röckel, Griech. Uebungsbuch. — Büchsenschütz, Griech. Lesebuch. — C. Wolff, Lehrbuch d. allgem. Gesch. 3 Thl. — Herbst, Eckertz, Jäger, Geschichtl. Hülfsbücher. — Hollenberg, Logik, Psychol., Ethik. — Bender, Deutsche Gesch. — W. Hahn, Literaturgesch. in Tabellen.

B. Angekauft wurden ausser Fortsetz. früher angeschaffter Werke und Zeitschriften:

G. F. Schoemann, die Hesiod. Theogonie. 1868. — Ritschl, Neue Plautin. Excurse. 1869. — Müller, Plautin. Prosodie. 1869. — Weidner, Commentar zur Aeneis Bd. I. 1869. — Quintilian ed. Halm II Voll. — Schlosser, Weltgesch. bearb. von Kriegk. 1844. 19 Bde. — Grote, Gesch. Griechenlands, übers. von Meissner. 6 Bde. — Peschel, Gesch. der Erdkunde. 1865. — Laas, der deutsche Aufsatz in Prima. 1868. — Deinhardt, Kl. Schriften. 1869. — Gottfried v. Strassburg's Tristan ed. Bechstein 1869.

II. Die Schülerbibliothek, bestehend in einer Lese- und einer Hülfsbibliothek, nebst der Tintenkasse vom Oberlehrer *Jacob* verwaltet, erfuhr folgende Vermehrung:

A. Die Lesebibliothek. Wagner, Hausschatz, Jahrg. IV; Grimm, Kinder- und Hausmärchen, Osterwald, Sophokles-Erzählungen III; Gudrun, übersetzt von Simrock; Herder, Cid, 2 Exempl.; Plutarchs Biographien, übersetzt von Eyth, 23 Bde.; Schwab, deutsche Volksbücher — zusammen 30 Bände.

B. Die Unterstützungsbibliothek. Schmidt, Elementarbuch der lateinischen Sprache, 3 Exempl.; Macaulay, history of England, III u. IV; Schütz, Charakterbilder aus der engl. Geschichte, 3 Exempl. — zus. 8 Bde.

III. Mathematisch-physikalische Bibliothek nebst Sammlungen. Dieselben stehen unter Aufsicht des Prof. Dr. *Girschner*. Für die Bibliothek wurden angekauft: Die Fortsetzungen von Poggendorff's Annalen, des Archivs für Mathematik von Grunert, der Stettiner Entomolog. Zeitung. — Ferner: Koch, europäische Dendrologie. Rabenhorst, Kryptogamenflora von Deutschland. Schleiden, das Meer. Frick, physikalische Technik. Schellen, Spectral-Analyse.

Das physikalische Cabinet hat in diesem Jahre keinen Zuwachs erhalten; für das chemische Laboratorium sind die abgängig gewordenen Chemikalien ergänzt.

Die naturhistorischen Sammlungen erhielten an Geschenken: von Hrn. Kaufm. Lanz: das Knochenskelett eines Ostracion und 3 Arten Korallen in schönen Exemplaren von den Bermudas-Inseln. Vom verst. Real-Secundaner Wilcke: ein von ihm selbst zubereitetes Skelet einer Ratte. Vom Hrn. Consul Jaenicke: ein Schneehuhn aus Norwegen. Vom Realtertianer Lietzmann: eine Anzahl krystallisirter Mineralien. Vom Hrn. Schiffscapitän Schultz: Flossen mehrerer grösserer Seefische. Vom Gymnasial-Secundaner Zietlow: Bernstein mit Insecteneinschluss u. Amethyst-Krystalle. Von Herrn Rentier Baer aus Chicago: eine grössere Zahl Mineralien (darunter werthvolle Stufen gediegenen Goldes aus Kalifornien, Silbererze, gediegenes Kupfer, Krystalldrusen von Bleiglanz mit 1 bis 1½ Zoll Kantenlänge der Würfel u. s. w.). Derselbe Herr schenkte der Anstalt auch eine Anzahl fremder Münzen. Von Hrn. Lieut. Douglas: einen Eisvogel. — Ausserdem wurden einige einheimische Vögel angekauft und ausgestopft.

Allen Geschenkgebern spricht die Anstalt ihren besten Dank aus.

G. Prämien und Beneficien.

I. Vom Hrn. Hauptmann Woldermann in Berlin wurde zur Verwendung als Prämie ein Exemplar des Schulatlas von Raatz geschenkt. Ausserdem wurden zu Weihnachten v. J. aus Etatsmitteln folgende Prämien vertheilt:

Im Gymnasium: I. Luthardt, Apologetische Vorträge, 2 Bde.; Lübker, Reallexicon des class. Alterthums;

Kessler, Heims Leben; E. M. Arndt, Wanderungen u. Wandelungen. II. O. Jäger, Die punischen Kriege; Stoll, Götter u. Heroen des class. Alterthums; F. Jacobs, Hellas; Sallust ed. Jacobs; Bombard, Vorhalle des akad. Studiums; Herders Cid. III. M. Meurer, Luthers Leben; Pfizer, Alexander d. Grosse; Haken, Der alte Nettelbeck; Archenholz, Der siebenjähr. Krieg; Stoll, Helden Griechenlands; Kiepert, Atlas der alten Welt. IV. Stacke, Röm. u. griech. Gesch., 2 Ex.; 200 Bildnisse berühmter deutscher Männer (Zeichenpr.). V. Lange, Erzählungen aus Herodot; Willmann, Lesebuch aus Homer; O. v. Horn, Robinson: Stöber, Ausgewählte Erzählungen aus Hebels rhein. Hausfreund. VI. Nieritz, Der Schmied von Ruhla; Bekker, Erzählungen aus der alten Welt.

In der Realschule: I. Lübke, Geschichte der Architectur. II. Wetzel, Allgem. Himmelskunde (aus der Sülfflow-Stiftung); Ruchte, Grundriss der Chemie; W. Baur, Freiherr v. Stein; Herders Cid. III. Wagner, Das Buch der Natur; Stacke, Erzähl. a. d. Gesch. d. Mittelalters. IV. Nieritz, Hans Egede; G. H. Schubert, Der neue Robinson.

In der Vorschule: Chr. v. Schmidt, Der Weihnachtsabend, Rosa von Tannenburg, Heinrich v. Eichenfels, Die Ostereier, je 2 Ex.; Grimms Mährchen, 2 Ex.; Heubner, Robinson; Kühn, D. alte Nettelbeck; Nieritz, Betty u. Thoma.

II. Die Befreiung vom Schulgelde ist in bisherigem Umfange (10% mit Einschluss der herkömmlich befreiten reformierten Schüler) gewährt worden. Die Entscheidung über die Verleihung dieses Beneficiums hat das Curatorium, welches gute Leistungen und gutes Betragen zur Bedingung macht.

III. Der Verein hiesiger Einwohner zur Unterstützung unbemittelter Gymnasiasten und Realschüler wird gegenwärtig vom Berichterstatter als Vorsitzendem, Hrn. Rentier Beggerow als Cassier und Hrn. Hofprediger Stumpff als Schriftführer geleitet. Ausser diesen hatte der Verein 112 Mitglieder, die Herren bez. Damen.

Kfl. Ahrend & Gronau, Rector Baldamus, Past. Baudach, Dr. Bauck, Kreisr. Behmer, Fr. Behrend, Kfm. Blanck, Dr. Bodenstein, Kfm. Braun, Rent. v. Braunschweig, Sup. Burckhardt, Past. Busch, San.-R. Dr. v. Bünau, Rect. Causse, Oberst u. Command. von la Chevallerie, Buchdr.-Bes. Christiani, Kfm. Daberkow, Kfm. Däumichen, Proviantamts-Control. Dingel, Cons. Dressler, Kreisger.-R. Dumstrey, Cond. Eschenbach, GL. Dr. Fiedler, Staatsanw. Fischer, Thierarzt Franck, Tabacksfabr. Friedländer, Kreisger.-Dir. Gaede, Rent. Gerstenberg, Kfm. Gescke, Kaufm. Gese, Justizr. Götsch, Bäck.-Bes. Greymann, Commerzienr. Hackbarth, Bürgermstr. Haken, Fr. Justizr. Hänisch, Hauptzollamtsrend. Hellwig, Braueigen Hindenberg, Dr. Hirschfeld, Rent. Hirschfeld, Fr. Rent. Husader, Obl. Jacob, Buchh. Jancke, Dr. A. Janke, Seifenfabrik. Jaenicke, Kfm. Kayser, Gastw. Kemp, Fr. Rent. Keser, Phot. Köbcke, Fr. Rent. Krause, Kfm. Kröning, Kfm. Kuhr, Fr. Rent. Kuphal, Synd. a. D. Kuschke, Frl. Lange, Stabsarzt Dr. Lehmann, Kfm. Lehment, Justizr. Leopold, Hofapoth. Lesser, Kfm. M. Levinthal, Kfm. L. Lewinthal, Kfm. W. Lewinthal, Frl. Liesner, Kfm Lietzmann, Hauptm. a. D. v. Linger, Major v Mach, Kfm. Marcuse, Baurath Mök, Fr. Rent. Mök, Kfm. Momm, Div.-Pfarrer Morawietz, Kfm. Mundt, Rathsapoth. Munkel, Hauptm. a. D. Müller, Rent. Nehmer, Frau Nessenius, Stabsarzt Dr. Nötzel, Kfm. Ockel, Fr. Rent. Piper, Justizr. Plato, Frl. H. Plüddemann, Cons. Plüddemann, Fr. R. Post, GL. Dr. Reichenbach, Fr. Cons. Reinholz, Schiffsm. Reinholz, Lederhändler Reppen, Rend. Richter, Major a. D. Röhl, Ingenieur Sandleben, Bäckereibes. Schäfer, GL. Schieferdecker, Grützfabrik. Schmidt, Kfm. Schubert, Fr. Apoth. Schulz, Lootsencomm. Schütz, GL. Dr. Seelmann-Eggebert, Kfm. Sengebusch, Oberstabsarzt Dr. Starke, Eisengiessereibes. Steger, Kfm. Steinbach, OL. Steinbrück, Fr. Conduct. Steinkamp, Garnis.-Pfarrer Textor, Tabacksfabrik. Voigt, Oberstlieut. v. Voss, Past. Wagner, Buchb. Warnke, Condit. Wilke, OL. Winckler, Mühlenbes. Wolff, Maler Wunderlich, Rathsherr Zunker.

Der Verein hat gegen voriges Jahr 7 Mitglieder verloren. Die Gesammtsumme der Beiträge belief sich auf 53 Thlr. 12½ Sgr. Hiervon wurden 4 vierteljährliche Stipendien zu je 3 Thlr., 4 zu je 4 Thlr., 2 zu 6⅔ Thlr. und eine einmalige Unterstützung von 5⅓ Thlr. gezahlt; ausserdem wird zu Ostern eine Zahl bedürftiger Schüler mit Schulbüchern ausgestattet. Zu der im Juni stattfindenden Generalversammlung, wo im einzelnen Rechnung gelegt wird, ladet der Vorstand durch die öffentlichen Blätter ein. — Allen Mitgliedern und Förderern des Vereins sagen wir auch hier zugleich im Namen der unterstützten Schüler den wärmsten Dank. Besonders danken wir auch denen, die durch die Gewährung von Freitischen den bedürftigeren unter unseren Schülern den Aufenthalt in Colberg erleichtern.

Ausserdem erhielten wir zum Vertheilen an unbemittelte Schüler rep. für die Unterstützungsbibliothek eine grössere Zahl Schulbücher von Hrn. Pastor Tessmer in Nehmer und von Hrn. Oeconom F. Müller.

H. Reifeprüfungen.

I. Gymnasium.

Zu Michaelis 1869 haben die Anstalt nach bestandener Prüfung folgende Primaner verlassen:

1) Ferdinand Strehlow, Sohn des Schulzen Strehlow zu Rossenthin bei Colberg, 20½ J. alt, ev. Bek., 2½ J. in Prima, 8½ J. auf der Anstalt. Er studiert Medicin.

2) Franz Krockow, Sohn des Superintendenten Krockow in Cörlin a. d. Persante, 22¾ J. alt, 2½ J. in Prima, 1 J. auf der Anstalt. Es ist in das Königl. Heer eingetreten.

Zu Ostern 1870 erhielten folgende Primaner das Zeugnis der Reife:

1) Karl Griep, Sohn des Bauerhofbesitzers Griep zu Peterfitz bei Cörlin, 23½ J. alt, ev. Bek., 5 J. auf der Anstalt, 2 J. in Prima. Er will Theologie in Halle studieren.
2) Otto Prahl, Sohn des Lehrers Prahl in Alt-Körtnitz bei Callies, 19½ J. alt, ev. Bek., 5½ J. auf der Anstalt, 2 J. in Prima. Er will Philologie und Theologie in Halle studieren.
3) Emil Sielaff, Sohn des Lehrers Sielaff in Colberg, 19¾ J. alt, ev. Bek., 10 J. auf der Anstalt, 3 J. in Prima. Er will Theologie in Greifswald studieren.
4) Johannes Jungfer, Sohn des verst. Maurermeisters Jungfer in Colberg, 17¾ J. alt, ev. Bek., 9 J. auf der Anstalt, 2 J. in Prima Er will Philologie in Halle studieren.
5) Otto Klamroth, Sohn des Pastors Klamroth in Fritzow bei Colberg, 19¾ J. alt, ev. Bck., 7½ J. auf der Anstalt, 2 J. in Prima. Er will Theologie in Greifswald studieren.
6) Gustav Block, Sohn des Rentier Block in Schivelbein, 21 J. alt, ev. Bek, 7 J. auf der Anstalt, 2 J in Prima. Er will Medicin in Greifswald studieren.
7) Theodor Schmiele, Sohn des Maurermeisters Schmiele in Schivelbein, 19¾ J. alt, ev. Bek., 7 J. auf der Anstalt. 2 J. in Prima. Er will Medicin in Berlin studieren.
8) Franz Robe, Sohn des Chausseeaufsehers Robe in Colberg, 22½ J. alt, ev. Bek., 7½ J. auf der Anstalt, 2 J. in Prima. Er will sich dem Postfach widmen.
9) Wilhelm Imgart, Sohn des Agenten Imgart in Colberg, 19¾ J. alt, ev. Bek., 10 J. auf der Anstalt, 2 J. in Prima. Er will sich dem Versicherungswesen widmen.
10) Paul Simon, Sohn des Kaufmanns Simon in Belgard, 19½ J. alt, mosaisch. Bek., 3 J. auf der Anstalt, 2 J. in Prima. Er will Medicin in Berlin studieren.

Griep, Prahl, Jungfer und Schmiele wurden von der mündlichen Prüfung dispensiert. Vier der Abiturienten lieferten im letzten Jahre umfangreiche Privatarbeiten; und zwar Prahl über das Thema: Contentiones inter patricios et plebeios in republica Romana quos habuerint causas quemque eventum; Jungfer über des Leben des Germanicus; Imgart über das erste Jahr des 2ten punischen Krieges; Robe über die ersten Jahrhunderte der römischen Geschichte.

Die Themata der schriftlichen Arbeiten waren folgende:

1. Deutsch. Mich. 1869: Welche Umstände beförderten von der Mitte des 15. bis in die Mitte des 16. Jahrhunderts die Bildung Europas? — Ostern 1870: Der Krieg ein Freund und ein Feind der Künste.

2. Lateinisch. Mich. 1869: Principatum Graeciae quae civitates deinceps quibusque rebus adeptae sint. — Ost. 1870: In rebus adversis maxime enitere virtutem.

3. Mathematik. Mich. 1869: 1. Der Colberger Marien-Kirchthurm besitzt 240 F. Höhe über der See: wie viele Meilen von seinem Fusspunkte aus gerechnet wird er auf der See sichtbar siein? (Die Erde wird als Kugel betrachtet, Halbm. derselben = 859½ Meile, 15 Meilen auf 1 Grad eines grössten Kreises derselben, 1 Meile = 24000 F.). 2. Ein metallener Würfel, dessen Diagonalaxe = a Fuss gegeben, wird in einen gleichseitigen Kegel umgegossen, wie gross ist eine Seite des letzteren? (Zahlenbeispiel a = 19 F.). 3. Ein Dreieck aus einer Seite, einem anliegenden Winkel und dem Radius des eingeschriebenen Kreises zu construiren. 4. Eine zweiziffrige Zahl soll aus folgenden Angaben gefunden werden: Dividirt man 2430 durch dieselbe, so ergiebt sich eine zweiziffrige Zahl mit denselben Ziffern, als die gesuchte Zahl hat, aber in umgekehrter Ordnung; die Quersumme der gesuchten Zahl ist = 9.

Ostern 1870: 1. Der Thurm des Strassburger Münster ist 450′ (0,0214 Meilen) hoch. Wie viel Quadratmeilen enthält die Fläche, welche man von seiner Spitze übersehen kann, wenn man sie der Einfachheit halber für eine Ebene annimmt (1 M. = 21000′; Rad. der Erdkugel 859 Meilen.) 2. Von einem Puncte ausserhalb eines Kreises eine Secante so zu ziehen, dass das Stück im Kreise halb so gross werde, als das ausserhalb desselben. 3. Von einem Dreieck sind die drei Seiten a, b, c gegeben; wie lang ist die Peripherie des Kreises, welcher der Seite a von aussen angeschrieben ist. (Trigonometrisch). Zahlenbeispiel: a = 18, b = 20, c = 24. 4. Die Unbekannten aus folgenden Gleichungen zu finden: $xy^3 - xy^2 = 30$ und $x^3y^2 - x^2y^3 = 450$.

II. Realschule.

An dem Ostertermine 1870 unterzog sich der Prüfung der Primaner Hermann Bucher aus Colberg, 20½ J. alt, ev. Bek., Sohn des verst. Gastwirths Bucher, 9 J. auf der Anstalt, 2 J. in Prima. Er wurde von der mündlichen Prüfung dispensiert und erhielt das Prädicat: vorzüglich bestanden. Er will sich dem Baufache widmen.

Die Themata der schriftlichen Arbeiten waren folgende:

1. Deutsch: In welcher Hinsicht ist die Zeit der Hohenstaufen eine Glanzzeit der deutschen Geschichte.

2. Englisch: Many examples of history prove that the welfare and even the existence of states has often depended on one man.

3. **Mathematik:** 1. In einer Proportion ist das Product der äusseren oder inneren Glieder $= 6$, die Summe aller Glieder $= 12$, die Summe ihrer Kuben $= 252$. Welches sind die Glieder derselben? 2. Um Tangente und zugehörige Normale einer Parabel ist ein Kreis geschlagen; der Parameter ist 3 Centimeter, die Abcisse des Berührungspunctes 5^{cm}. Wie gross ist das vom Parabel- und Kreisbogen eingeschlossene Stück der Parabelfläche und wie gross ist die Excentricität der Ellipse, welcher dies Stück an Inhalt gleich ist und deren Achsen sich wie $7 : 2$ verhalten. 3. Zwei Kreise, deren Mittelpuncte den Abstand $c = 16$ Meter haben und deren Radien $r = 5$ und $\varrho = 3$ Meter sind, werden von den vier beiden gemeinschaftlichen Tangenten berührt. Welchen Winkel bilden die äusseren Tangenten, welchen die inneren und welchen Winkel bildet eine äussere mit einer inneren. 4. Wenn ein Kegel, dessen Grundfläche $G = 640 \square'$ und dessen Höhe $h = 40'$ beträgt, durch Ebenen der Grundfläche parallel in $n = 4$ einander gleiche Stücke geschnitten wird, wie gross sind 1. die Durchschnittsfiguren der Reihe nach von der Grundfläche zur Spitze des Kegels hin? 2. die Abstände der parallelen Ebenen von einander in derselben Reihenfolge?

4. **Physik:** 1. 4 Kräfte $P_1 = 10$, $P_2 = 15$, $P_3 = 27$, $P_4 = 40$, in verschiedenen Ebenen liegend, greifen gleichzeitig den Punct O an; wie gross ist ihre Resultierende. Durch den Angriffspunct O ist ein dreiaxiges Koordinatensystem so gelegt, dass die einzelnen Kräfte der Reihe nach folgende Winkel bilden mit der X-Achse:
$$\alpha_1 = 54^\circ 28', \; \alpha_2 = 36^\circ 19', \; \alpha_3 = 45^\circ 58', \; \alpha_4 = 59^\circ 2', \text{ mit der Y-Achse:}$$
$$\beta_1 = 63^\circ 18', \; \beta_2 = 75^\circ 42', \; \beta_3 = 58^\circ 4', \; \beta_4 = 56^\circ 7'.$$
Wie gross sind ferner die Winkel, welche die Resultierende mit den drei Koordinatenachsen bildet? 2. Auf der Achse eines Hohlspiegels, dessen Apertur sehr klein ist, so dass $\frac{1}{a} + \frac{1}{\alpha} = \frac{1}{p}$, und dessen Hauptbrennweite 5 Fuss beträgt, soll ein leuchtender Punct so placiert werden, dass sein optisches Bild in der Richtung nach dem Spiegel 10 Fuss von ihm selbst (dem leuchtenden Puncte) entfernt ist. 3. In welcher Höhe und mit welcher Geschwindigkeit trifft eine mit der Anfangsgeschwindigkeit von 1000 Fuss unter dem Elevationswinkel von 43° abgeschossene Kugel eine 10000 Fuss entfernte lothrechte Felsenwand? ($2g = 31{,}2$ Fuss).

5. **Chemie:** a. Das Zinn; Vorkommen, Eigenschaften, Darstellung und wichtigste Verbindungen. b. Stöchiometrische Aufg. dazu: Wie viel Cubikzoll Chlor gehören bei 0° und $336'''$ Barometerstand zur Verwandlung von 80 Grammen erhitzten Zinns in Zinnchlorid $Sn Cl_2$? und wie viel bei 0° und $328'''$ Barometerstand? ($Sn = 735$, $Cl = 43{,}2$). Specif. Gewicht von Cl bei 0° und $336'''$ Barometerstand $= 2{,}45$; 1 Cubikzoll atm. Luft unter denselben Verhältnissen wiegt $0{,}0232$ Gramme).

J. Oeffentliche Prüfungen.

Donnerstag, den 7. April, Morgens von 8 Uhr ab:

Gymnasialklassen: Quinta: Französisch *Dr. Hanncke.* — Naturgeschichte, *Dr. Janke.*

Quarta: Latein, *Cand. Wollenburg.* — Geschichte, *Dr. Fiedler.*

Tertia: Mathematik, *Cand. Lubarsch.* — Latein, { *Cand. Wollenburg, Oberl. Steinbrück.*

Secunda: Mathematik, *Prof. Girschner.* — Latein, *Dr. Winckler.*

Prima: Geschichte, *Dr. Hanncke.* — Griechisch, *Der Director.*

Nachmittag von 2¼ Uhr ab:

Vorschule: II. Klasse: Lesen, Rechnen, Singen, *Lehrer Rutzen.*

I. Klasse: Deutsch und Geographie, *Lehrer Hahn.*

Sexta: Latein — Deutsch, *Cantor Schwartz* und *Cand. Devantier.*

Freitag, den 8. April, Morgens von 8 Uhr ab:

Realklassen: Quarta: Französisch, *GL. Schieferdecker.* — Rechnen. *Cand. Lubarsch.*

Tertia B: Englisch, *Oberl. Jacob.* — Französisch, *Dr. Reichenbach.*

Tertia A: Französisch, *Oberl. Steinbrück.* — Latein, *Oberl. Jacob.*

Secunda: Chemie, *Dr. Janke.* — Latein, *Dr. Meffert.*

Prima: Englisch, *Dr. Meffert.* — Mathematik, *Dr. Seelmann-Eggebert.*

Die von den Schülern gefertigten Probezeichnungen und die Probeschriften der Vorschüler liegen im Zeichensaale neben der Aula zur Ansicht aus. Ebenda sind die von Hrn. Kaufmann Baer aus Chicago der Anstalt geschenkten Mineralien ausgestellt.

K. Schluss des Schuljahrs und Aufnahme neuer Schüler.

Freitag, den 8. April Nachmittags werden im Kreise der Schule Censuren und Versetzungen bekannt gemacht und damit das Schuljahr geschlossen. Das neue beginnt Freitag, den 22. April Vormittags 10 Uhr.

Die Prüfung und Aufnahme neu eintretender Schüler findet durch den Unterzeichneten und die Lehrer der betreffenden Klassen an den beiden letzten Ferientagen im Conferenzzimmer des Gymnasiums (eine Treppe hoch) statt und zwar Mittwoch, den 20. April von 8—10 Uhr für die Vorschule und die beiden unteren Klassen, Donnerstag, den 21. April von 8—10 Uhr für die mittleren und oberen Klassen sowohl des Gymnasiums als der Realschule. — Die anzumeldenden Schüler haben ein Zeugnis über den bisher genossenen Unterricht und eine schriftliche Angabe über Namen, Geburtstag, Stand und Wohnort des Vaters bez. hiesige Wohnung mitzubringen; ausserdem Feder und Papier. An anderen als den bestimmten Tagen und Zeiten findet eine Aufnahmeprüfung nicht statt, doch ist der Unterzeichnete zu specieller Rücksprache, wo eine solche wünschenswerth ist, jederzeit bereit.

Ich mache bei dieser Gelegenheit darauf aufmerksam, dass zur Aufnahme in die Sexta nach höheren Verfügungen Vollendung des neunten Jahres erforderlich ist; es werden daher auch in die Vorschule nur Knaben, die das sechste Jahr vollendet haben aufgenommen. Für die Vorschule bedarf es gar keiner Vorkenntnisse, das Latein wird in Sexta, das Französische in Quinta, das Griechische in Quarta, das Englische in Realtertia angefangen und es ist durchaus nicht nöthig, ja nicht einmal erwünscht, dass die Knaben vorher Unterricht in diesen Sprachen empfangen. Ueberhaupt ersuche ich die geehrten Eltern unserer Schüler denselben nur nach Rücksprache mit mir oder dem Klassen-Ordinarius Privatunterricht ertheilen zu lassen.

Auswärtige Schüler sind nach unserer höheren Orts bestätigten Disciplinarordnung in eine nach des Directors Ermessen geeignete Wohnung und Kost zu geben. In Wirthshäusern zu wohnen ist unzulässig. Ich bin bereit geeignete Pensionen nachzuweisen und mancherlei Erfahrungen veranlassen mich hier noch besonders hervorzuheben, dass von einer guten Unterbringung der Kinder, von ausreichender Verpflegung und gewissenhafter, verständiger Beaufsichtigung das ganze Gedeihen und auch ihr Vorwärtskommen in der Schule wesentlich abhängen muss.

Neben den Privatpensionen ist mit dem April d. J. hier ein Alumnat für Schüler unserer Anstalt eingerichtet. Dasselbe befindet sich in einem schönen, für diesen Zweck besonders geeigneten Hause am Markt (ehemals Hôtel de Berlin); die Leitung hat als Alumnatsinspector der Gymnasiallehrer Dr. Seelmann-Eggebert übernommen, dem ein zweiter Lehrer für die Beaufsichtigung der Schüler zur Seite stehen wird. Die Oberaufsicht hat das Curatorium des Domgymnasiums und speciell der unterzeichnete Director. Pension 200 Thlr. Zu jeder näheren Auskunft ist der Unterzeichnete gern bereit.

Dr. P. Schmieder.